Fan
ファン文庫

JN134742

花屋「ゆめゆめ」で
あなたに咲く花を

著　編乃肌

マイナビ出版

目次

登場人物

木《き》尾《お》 蕾《つぼみ》

高校生のときのある事件をきっかけに〝人の体に咲く想い入れのある花〟が見えるようになった大学一年生。花屋『ゆめゆめ』のバイトでも、その能力はぼんやりと活かされている。

夢《ゆめ》路《じ》咲《さき》人《と》

花屋『ゆめゆめ』の店主のひとり息子。爽やかで優しく見た目も麗しい青年で、『フローラル王子』と呼ばれている。『ゆめゆめ』で働く傍ら大学に通い、将来のために経営学を勉強中。

夢《ゆめ》路《じ》葉《よう》介《すけ》

咲人の父で、亡き妻・香織と『ゆめゆめ』を開店した店主。『魔王』と呼ばれるほどの凶悪な見た目に反して花への愛や知識は深く、繊細な感性の持ち主。

浅《あさ》葉《ば》ハヅキ

近所の高校に通う女子高生。水泳部に所属している。『ゆめゆめ』の向かいの手芸店『コバト』の店主である稲田耕次に片思い中。

三《み》森《もり》 万《ま》李《り》華《か》 千《ち》種《ぐさ》

『ゆめゆめ』の常連で、花好きの母・万李華と小学校四年生の千種の仲良し親子。

編　乃　肌
written by Aminohada

花屋「ゆめゆめ」で
あなたに
咲く花を

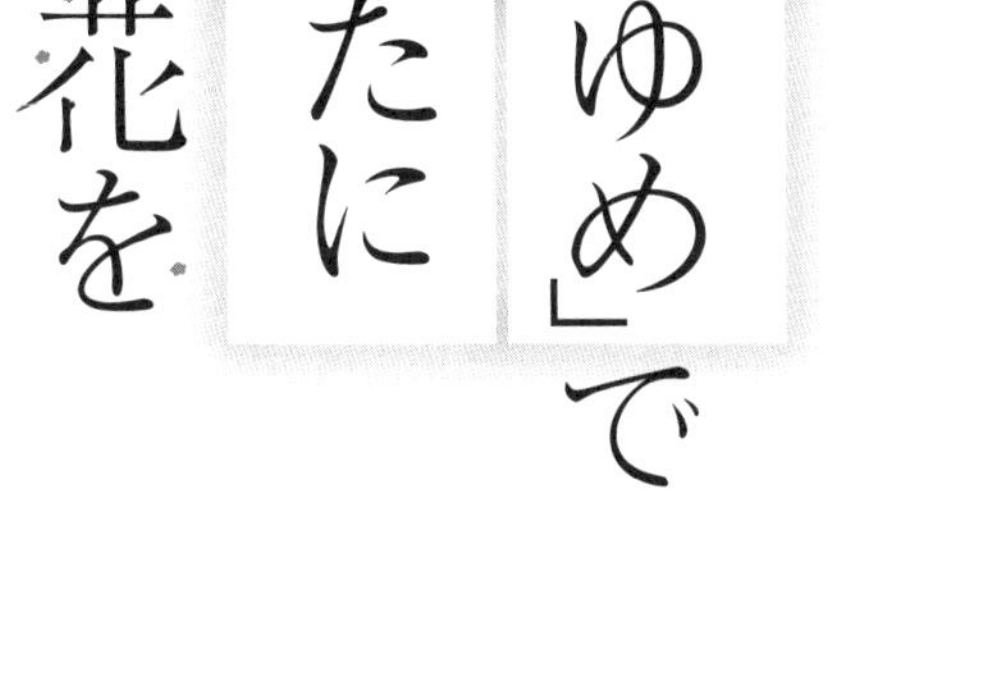

プロローグ　夢見るツボミ

蕾《つぼみ》には、ふとした折に時々思い出す〝夢〟がある。

それは、〝人の体のドコカに咲く、想い入れのある花が見える〟という、自身のちょっと変わった能力を、体調不良により一時的に失っていた際、熱に浮かされながら見た夢だ。

花屋『ゆめゆめ』の店の前。棚に並ぶ色彩豊かな花を背景に、ピンクのオーニングテントの下で、同じ色合いのピンクのエプロンを身につけた、咲人《さきと》が立っている。

そんな彼の胸には、淡い紫色のアガパンサスが咲いていて。

咲人は「蕾ちゃん」と、柔らかな声で蕾の名前を呼び、ただただ穏やかに笑っている。

それだけの夢だ。

蕾はその夢を、大学の授業を受けているとき、家で兄と夕飯を食べているとき、バイト先に向かうとき……己の体に生えている、まだ咲かぬツボミを鏡で見ているときなどに、なんとなく思い出してしまう。

——そして、今も。

「うん、これで準備完了だね。そろそろお店をオープンしようか、蕾ちゃん。……蕾ちゃん？」

「あ、は、はい！　すみません！」

呼びかけられて、蕾はハッと意識を引き戻した。

ここは『ゆめゆめ』の店内。開店準備の真っただ中だ。

蕾はしゃがんで、鉢物の葉の様子を見ていたのだが、またあの夢が頭を過《よぎ》り、仕事中に少々ぼんやりしてしまった。

上から心配そうに、「どうかした？」と顔を覗き込んでくるのは、夢ではない現実の咲人だ。蕾は慌てながら、ハーフアップにした黒髪を揺らして立ち上がる。

「いえ、ちょっとその、とある夢を思い出していて……」

「ゆめゆめ？」

「それは店名です！　た、たいしたことではないので、気にしないでください！」

「そう？」と、咲人はすんなりと引いて、店の外へと一旦出ていく。ドアの取っ手にかけてあるプレートを、『Close』から『Open』に変えるのだろう。

カウンターの奥では、店長が配達用の花束の準備を進めながらも、いつお客さんが来てもいい態勢で待ち構えている。蕾もきゅっと、緩んだエプロンの紐を結び直した。

そして今日も、花を求めるお客様のために、花屋『ゆめゆめ』は開店する。

旅立つ君とフウセンカズラ

暦は十一月なかばの日曜日。秋もいよいよ終盤だ。

冷たい空気が肌を刺し、朝は布団から出るのが億劫になってくる。布団と添い遂げたくなる季節も近い。

それでも真面目に起きて出勤した木尾蕾《きおつぼみ》は、長袖のシャツの上にクリーム色のカーディガンを羽織り、さらにその上に仕事着のエプロンを身につけて、いそいそとバイトに勤しんでいた。大学に入った頃から始めたこのバイトも、すでに勤務歴半年以上。最初は恥ずかしさを覚えていたピンクのエプロンも、すっかり板についてきた。

毎週日曜日は朝から出勤で、開店作業から仕事をすることにももう慣れっこである。

「商品は問題なし、床掃除も大丈夫そうだし、あとはえっと……」

開店して間もなくであるため、まだ花屋『ゆめゆめ』の店内にお客さんの姿はない。秋の花を中心にした色鮮やかな商品ラインナップに、花々を引き立てているアンティーク調のインテリアが、共に静かに佇《たたず》んでいるだけだ。

そこで、プルルッとカウンター奥にある電話が鳴った。

「あっ、私が……！」

「いいよ、蕾ちゃん。俺が出るから」

蕾は勇んで出ようとしたが、先にもうひとりの『ゆめゆめ』店員である夢路《ゆめじ》咲人《さきと》が電話を取ってくれる。

咲人は蕾のふたつ年上の大学三年生で、店長のひとり息子だ。綺麗に染まった茶色の髪に、柔らかな目元が印象的な整った顔立ちをしており、お客様がたからは『フローラル王子』の愛称で親しまれている。いつだって紳士的な対応で、近所の奥様がたにも大人気である。

スラッとした高身長イケメンなのに、『ゆめゆめ』とロゴの入ったピンクエプロンがよく似合う。さらに花をこよなく愛する、生粋《きっすい》の花好き青年でもある。

「はい、はい。わかりました……」

咲人の耳どおりのいい声を聞きながら、出番を逃した蕾は、切り花や鉢物の様子を見て回る。だが細かい品質チェックは先程開店前に終えているし、なら店内の清掃でもしようかと見回したが、床だってピカピカだ。

なにかできる作業を探した末、乾いたダスターを手に取り、細かいところの拭き掃除をすることにした。いつお客さんが来ても対応できるよう、入り口に注意を払いつつ、蕾は棚の埃などを拭いていく。

今は亡き店長の妻、夢路香織《かおり》のコレクションである、木目の綺麗なウォールシェルフや、わざと錆び加工がされた階段状のフラワースタンド、棚に並ぶブリキの兵隊のおもちゃなども、黙々と丁寧に拭いていたら、電話対応を終えた咲人から「精が出るね、蕾ちゃん」と声が飛んできた。

「つ、つい始めたら本気になっちゃって……」

「掃除って、のめり込んじゃうことあるよね」

咲人は軽やかな笑い声をもらす。

「うちの店は花を見るだけでなく、母さんのアンティークコレクションを楽しむ人も多いから、備品の細かいところまで掃除してくれるのは助かるよ。いつもありがとうね、蕾ちゃん」

「いえ、お仕事の一環ですし、むしろ店長の方が綺麗好きなので、私の掃除は甘いのではないかと……」

「そうかな、十分だと思うけど。父さんに文句を言われたら、『店長が細かすぎるんです！』って反論すればいいからね」

「も、文句は言われたことないですよ！」

開店と同時に配達に出た店長をネタに、他愛のない会話に興じる。その最中、ふと蕾は動かしていた手を止めて、咲人の胸元に視線をやった。

咲人の胸で凜と咲き誇る、淡い紫色のアガパンサス。茎先から数十輪の花を花火のように開かせるそれは、真夏が盛りの花ということもあり、過ぎ去った暑い季節を思い起こさせる。

これは、蕾にしか見えない〝花〟だ。


さかのぼれば高校時代。

蕾は学校からの下校中に、ある不幸な事件に見舞われた。乗っていた自転車のチェーンが外れてバランスを崩し、この商店街の片隅に佇む小さな花屋、『ゆめゆめ』の店頭に並ぶ花々に、頭から盛大に突っ込んだのである。のちに『暴走自転車花屋激突事件』と、『ゆめゆめ』メンバー内で語り継がれる、蕾の人生最大の黒歴史だ。

その事件を境に、蕾は人の体のドコカに咲く、他の人には見えない〝花〟が見えるようになった。

見えるだけで触れられないその花は、誰にでも咲いているというわけではない。花を咲かせている人には条件があり、なにかしらの想い入れを抱く花がある人のみ、蕾の視界にその花が映るのだ。

つまり、咲人の胸に咲くアガパンサスにも、彼の秘められた想いがたしかにある。

しかし、蕾はまだ彼がアガパンサスにどんな想い入れを持っているのかは知らない。

咲人は蕾の能力のことを知る、今のところ唯一の人物だ。それゆえ、蕾は隙を見て咲人に直接、アガパンサスのことを尋ねてみているのだが、秘密主義な王子様には、いつだってはぐらかされてしまう。

それでも彼のアガパンサスは、蕾が奇異な縁により『ゆめゆめ』で働きだした当初から、ずっと変わらず胸の上で咲いている。

気にするな、という方が難しい。

「ん？　もう掃除は終わったの、蕾ちゃん？」

「ああ、いえ、まだもうちょっとやります！」

咲人の胸元から視線を外し、蕾は慌てて掃除を再開させる。

彼の穏やかな声で「蕾ちゃん」と名を呼ばれると、開店準備をしているときにも頭を過った、あの夢のことを思い出してしまう。ついでに、自分の胸にちょこんと存在している、謎の〝ツボミ〟のことも。

人に咲く想い入れのある花が見える蕾だが、自分にもツボミが生えているのだ。まだ咲かぬそれは、なんの花かさえわからない。だけど日に日に、そして着実に、ツボミは成長して大きくなっている気がする。

いったいいつ、どんな花が咲くのだろう。

「い、今は掃除……」

それかけた意識を戻し、雑念を払うように、蕾は一心不乱にダスターを動かし続けた。そうしたらいつの間にか、店内中が一段と美しく磨かれた気がする。ふうと蕾が息をつくと、パチパチと咲人から拍手が送られる。

「すごいすごい、お疲れ様。これならいつお客さんが来ても大丈夫だね。たぶんそろそろ、第一のお客さんが来店すると思うよ」

「それって、さっき電話をかけてきたお客さんですか？」

「うん。実はね、俺の知り合いなんだ。学科は違うけど、同じ大学の先輩」

「咲人さんの先輩……」

いったいどんな人物なのか、蕾は想像を巡らせる。

「前に俺の家が花屋だって教えたら、それを覚えていたみたいで、フラワーギフトを用意してほしいって。わざわざ店の方に、『今日はやっているか』って確認の電話をしてきたんだ。勤務中だったら、スマホにかかってきても出られないしね。営業していますよって答えたら、近くにいるからすぐに行くって。今は陽菜《ひな》さんのパン屋の辺りかな」

「あ、じゃあ本当にすぐそこですね」

「迷わなかったらじきに来るだろうね。父さん以上に綺麗好きな人だから、完璧な掃除をしておいてもらえて助かったよ。まあ、綺麗好きというよりは、美意識が高い人って感じかな、正しくは」

「美意識……女性の方ですか？」

そうだよと軽く頷き返され、なぜか蕾の胸はちょっとざわついた。

咲人の交友関係については、彼の幼馴染である少女漫画家男子と面識はあっても、それ以外蕾はまったく知らない。彼のキャンパスライフだって詳細不明だ。

咲人と親しいかもしれない女性が来るというだけで、妙に落ち着かない気分になる。

「パッと見は若干《じゃっかん》取っつきにくいかもしれないけど、悪い人じゃないんだよ……あ、来たかな」

噂をすれば影。ドアベルの音と共に、その人物がカツンッとヒールの音を鳴らして、颯爽《さっそう》と入店してきた。

「お邪魔するわ、咲人くん」

ファッション用だろうサングラスをかけた女性は、凹凸があまりないほっそりとした体つきをしていた。女性にしては背が高く、顔は小さく彫が深い。アッシュカラーのベリーショートの髪に、大振りのイヤリングをつけており、服装はタイトなパープルのVネックのシャツに、黒いストライプ柄の細身のパンツを合わせている。カーキのトレンチコートのロングシルエットも決まっていて、いかにもカッコいい女性といった風貌だ。

全体的に洗練されたセンスを感じさせ、美意識が高い、という咲人の表現にも納得である。

「いらっしゃいませ、樹里《じゅり》さん。迷わず来られましたか？」

「ええ、なんとかね」

サングラスを外せば、意志の強そうな瞳が露わになる。

樹里と呼ばれた女性は、個性的な赤紫色のリップをつけた唇を持ち上げ、咲人の方に微笑みかけた。

「いつもとは違う店で買い物がしたくて、この商店街に寄ってみたら、咲人くんの花屋のことを思い出したの。お目当ての新しいイヤリングも買えたし、この商店街、悪くないわね」

「アーケードを入ってすぐのアクセサリーショップにでも寄ったんですか？」

「そうそう。見てよ、これ。気に入ったから買ってすぐつけたの。ファーがこれからの季節に合っていてキュートでしょ？　この大胆なデザインもすてきじゃない？」

樹里が見せびらかすように、耳元のイヤリングを詰まんで揺らす。サイズの大きい、明るめのブラウンのミンクファーがついたそれは、樹里だから似合うのであって、お洒《しゃ》落《れ》すぎて蕾には到底つけられそうになかった。

咲人は樹里に近づいてイヤリングを眺め、「樹里さんの趣味に合いそうな品ですね」とコメントしている。樹里は気安げに咲人の肩を叩き、「さっすがわかっているわね！」と快活に笑う。

その距離の近さと、ふたりの互いをよく知っているような親密さに、蕾の感じたざわつきは増すばかりだ。

「すてきなお買い物の次は、うちでフラワーギフトをお求めでしたよね？　詳しい花のご希望は……」

「あーちょっと待って。その前に、温かい飲み物とか頼める？　外歩いていたら冷えちゃってさ。たしかこの咲人くんの花屋では、おいしいハーブティーが飲めるのよね？　前に聞いてから飲んでみたかったたし、ぜひ美容に効きそうなやつとかお願いしたいんだけど」

「美容に効くハーブティーですね。かしこまりました」

注文を受け、咲人は樹里のご所望の品を用意するために、さっと店の奥へと引っ込んだ。すれ違い様に、蕾に「ごめん、少しの間よろしくね」とこの場を任せて。

反射的に咲人に頷き返し、ひとまず蕾は樹里を、カウンター前の椅子に座るよう案内した。

「よかったらこちらにどうぞ」

背に模様が施された、凝った意匠の椅子をひいておずおずと促すと、樹里は「ありがとう」と歯を見せて礼を言う。

独特の迫力を醸し出す女性だが、笑うと存外あどけない。

それに樹里の首の後ろには、小さな白い花と、ぷっくり膨らむ二〜三センチほどの、薄緑色の丸々とした実が生えていた。彼女の雰囲気にはそぐわない、素朴で可愛らしい花と実だ。くるっと渦巻く蔓《つる》も伸びている。

蕾にしか見えないこれは、フウセンカズラだ。

フウセンカズラは蔓性の一年草で、夏に小さな花を咲かせるが、こちらはあまり目立たない。メインはそのあとにできる、風船のように丸い袋状の果実の方だ。主にそちらを観賞するために栽培される。果実の中は空洞になっており、秋になると種を地面に落とす。その種がまた面白く、黒地にハート型の白い模様が浮かび上がっていることから、ハートピア（Heart pea）という別名もある。

「ここって、店員はふたりだけ？　あなたと咲人くんはバイト仲間？　それより深い恋人的関係なの？」

さりげなくフウセンカズラを観察していた蕾は、唐突かつ矢継ぎ早に樹里に尋ねられ、一瞬返答に詰まる。初対面にもかかわらず、なんとも歯に衣着せぬ問いだ。むしろ「咲人と深い関係なのか」と、樹里に尋ねたいのはこちらである。

咲人には現在、お付き合いをしている特定の人はいないようだが、それも真偽のほどは定かではない。可能性として、この樹里が咲人の彼女……ということもなきにしもあらずだ。樹里は個性派美人で背丈もある。イヤリングを見せていたときだって、ルックス抜群の咲人と並んでも見劣りしていなかった。

自分と咲人が横に並ぶより、よほど絵になるだろう……とそこまで考えて、蕾はフルフルと頭を横に振った。自分と樹里を比べてどうする。咲人の隣に堂々と立てる彼女が羨ましいだなんて、妙な感情は振り払いたかった。

とりあえず蕾は、「店長を除いたら、店員は私たちだけです。咲人さんは尊敬する先輩です」と無難に答えておいた。

「ふーん、そうなんだ」

「は、はい」

「さっき私と咲人くんが近づくと、可愛い顔していたから、てっきりそういう関係かと思った。咲人くんとも、なーんか呼吸が合っている感じだったし」

「へ……？　か、可愛い顔ってどんな……」

それに呼吸が合うとは？

樹里はこれも性格なのか、言葉の選び方が感覚的だ。蕾は理解しきれず困惑する。

「んー、違ったなら気にしないで」

そこで会話は打ち止めになった。カウンターに肘をつき、ショルダーバッグから取り出したスマホを弄《いじ》り始める樹里に、蕾もこれ以上は追求できない。

それに、ただの興味本位での質問だったようで、樹里はもう関心を失ったようだった。

その摑みどころのなさに些《いささ》か気まずさを感じつつ、蕾は今度は自分から、お客さんへの問いかけとして話を振ってみる。

「あ、あの、本日はフラワーギフトをお求めなんですよね？　差し支えなければ、用途などをお聞きしても……？」

「ああ、彼氏に贈るの」

「……彼氏さん、ですか？」

「うん。もうすぐ付き合って四周年的なやつでさ。普段はそんな記念日とか祝わないいんだけど、私が日本を発つ前に、一回くらいはそういうの、ちゃんと贈り物とか準備して祝おうかなって」

蕾は樹里に、咲人ではない彼氏がいると発覚して、知らず知らずホッとした。

先程から、どうして自分はこんなにも樹里と咲人のことで一喜一憂しているのか、理由を考える前に、樹里の発した言葉の方に反応する。

「日本を発つって……樹里さんは、外国に行かれるんですか？」

「大学卒業後はその予定。私、経営学部の咲人くんとは違って、国際関係の学部なんだけど……あ、咲人くんとはたまたま、共通の講義で隣になっただけね。もともと海外で働きたくて、希望が叶ってあっちの企業に内定もらえたんだ」

「海外の……すごいですね」

「でしょ？　でも彼氏は学部は同じなんだけど、咲人くんと同い年の、年下でさ。こっちに置いていくことになるんだよね。遠距離恋愛決定」

ちゃんと向き合って会話してみると、樹里はけっこう人懐っこくて話しやすい。変なわだかまりが解消された蕾は、樹里の横に佇んで、彼女の話に真剣に耳を傾ける。

一見、こういったなんでもないような会話から、お客様が求めている商品像が見えてくることもある。咲人がいない間に、その遠距離恋愛になる予定の彼氏さんに、樹里が贈るのにふさわしい花を、蕾はある程度目星をつけておきたかった。

もしかしたらこのまま、蕾がお花選びも手伝うことになるかもしれない。情報は多いに越したことはない。

「彼氏さんはどんな方なんですか？」

「んー、草食系男子……を通り越して、もはや草！　草みたいな奴！」

「く、草……」

「私は見てのとおり、がっつり肉食系女子だと思うんだけど、なんだろうね？　正反対の人に惹かれたりすることもあるよね。私の彼氏は、めちゃめちゃおとなしい性格で、私より身長が低ければ、酒も弱いし、握力ないし、気も弱い。おまけに趣味はガーデニングと家庭菜園。ますます草でしょ？」

幸い、樹里は己のことを話すことに、まったくためらいのないタイプのようだ。

スマホから手を離し、イヤリングのファーを片手で弄りながら、軽快な口調でどんどん語る。

「この前もね、私が海外に行くこと決まったって報告したら、いきなり『これが僕の気持ちだから！』って、変な実をもらってさ。あいつ、自分で育てた花とかミニ野菜とかハーブとか、うまくできたら私に渡したがるのよ。でも私はいくら受け取っても、あいつと違って植物に詳しくないから、解説がないとわかんないのよね。僕の気持ちとか言われても、そんな遠回しなの伝わりませんけど、みたいな？」

おそらく、その彼氏さんにもらったというのがフウセンカズラの実だろう。

いつもは解説も彼氏さんにお願いするところ、今回ばかりは本人に聞くのは微妙かなと思った樹里は、大学でも『イケメンなのに花バカの変人』と名高い咲人に、その実のことを尋ねてみたそうだ。

なお、樹里によると入学当初はモテモテで、女の子からの告白が絶えなかった咲人だが、今はその変人情報がすっかり広まって定着し、『彼氏にするより観賞用イケメン』という扱いになっているらしい。

これまた、そのことを聞いて無意識に安心した蕾である。

実は蕾の兄も、咲人と同じ大学に通っており、兄は初めてできた彼女が咲人に惚れたせいで、憐れにもフラれたという悲しいエピソードがあった。その浮気者な彼女の方は、咲人の花バカっぷりについていけず逃げ去ったそうなので、どうも普通の女子には、咲人のお花トークはだいぶマニアックみたいだ。

蕾からしてみれば、その花への愛こそが、咲人らしさだと思うのだけれども。

「咲人さんなら、実を見せたらすぐに名前がわかったんじゃないですか？」

「即答だったよ、さすが花バカ。なんだったかなー風船のヅラだったかなー。そんなニュアンスの花の実だったんだけど。花言葉も咲人くんに教えてもらって……」

「フウセンカズラ、ですよ」

まっ白なティーカップを携えて、カウンター奥から咲人が出てきた。

彼の提示してくれた答えに、樹里は「あー」と手を打つ。

「それ、フウセンカズラ！　講義中に聞いたものだから、教授のヅラに目がいったことしか覚えていなかったわ。知っていた？　あの教授がカツラってこと」

「知りませんでしたが、あまり広めないであげてくださいね。それはともかく、冷める前にどうぞ。リクエストにお応えして、美容にいいお茶ですよ」

咲人はソーサーを樹里の前に置き、優雅な動作でその上にカップを乗せる。ふわっと温かい湯気が漂った。

揺れる水面は、鮮やかな赤色だ。

「わ、ローズヒップティーですね！」

目を輝かせる蕾に、咲人は「女性には定番だよね」と笑う。

ローズヒップとはバラの実のことで、ビタミンCを多分に含んでおり、『ビタミンCの爆弾』とまで称されている。古くからヨーロッパではお茶以外にも、ジャムやゼリーなどに利用されてきた。

ローズヒップティーは美肌効果やダイエット効果があり、女性に根強い人気を誇る。

「たしかローズヒップティーは、ハイビスカスとブレンドすることが主流ですよね。効果が似ていて、相性がいいとか」

真夏を代表する花であるハイビスカスも、ハイビスカスティーにして飲むと、ローズヒップと同じく肌の調子を整えて老化防止にも働く。

また蕾の知り合いには、ハイビスカスを頭に生やした女子高生がひとりいる。

「そう、これもハイビスカスとのブレンドだよ。この特徴的な赤い色は、ハイビスカスによるものだね。ローズヒップティーは、うちのお客様も好むかたが多いから、よく淹れるんだけど……どうですか、樹里さん？」

咲人の問いに、カップに口をつけた樹里は、ほうと満足げに息を吐いて答える。

「おいしい。いいわね、バラの咲く花屋で飲む、ローズヒップティー。店内もアンティーク系の小物がお洒落で、掃除も行き届いていて綺麗だし。どうしよう、もう満たされた感じ。このままいい気分で帰ろうかしら」

「彼氏さんに頂いたフウセンカズラへの返事を、花の贈り物でするご予定はいいんですか？　花に込められたメッセージには、同じく花で返したいとおっしゃっていたのに」

「……わかっているわ、咲人くん」

まあ、もらったのは実だけどね、と呟《つぶや》き、樹里は一気にローズヒップティーを飲み干すと席を立った。ヒールの音を立てながら、店内の花を物色しだす。

咲人はティーセットを下げにまた奥へと消えたので、蕾はいつ質問されても対応できるよう、ガイド役として樹里のそばにそっと控える。樹里が花を眺めている間、蕾はフウセンカズラの花言葉を考えていた。

「えっと、前に図鑑で見たフウセンカズラの花言葉は、『あなたと飛び立ちたい』……でしたっけ」

これは名のとおり、風船を思わせる実が、空を渡ってどこまでも飛んでいきそうな様子からきた言葉だ。他にも『自由な心』『永遠にあなたと共に』などの意味もある。フウセンカズラは愛らしい見た目の花や実、ハートの模様が浮かんだ種に加え、花言葉もロマンチックなものばかりだ。

蕾の問いかけに対して、樹里はツンッと顔を背ける。

「私の彼氏も卒業したら海外に出るつもりだそうよ。私を必ず追いかけるって。草食系の癖に、気障《きざ》な演出で腹立つ」

悪態をつきながらも、ほんのり耳を赤くしている樹里を、蕾はなんだか微笑ましく感じた。フウセンカズラが体に咲いているのだから、それに想い入れがあることは、蕾にはとっくにお見とおしだ。

彼氏さんの方も、けっこう男前ではないか。

「でも正直、花はさっぱり。おすすめがあったら教えて」

「そうですね……」

店内のラインナップに目を走らせ、蕾は脳内でアレンジメントを組み立てていく。

こうしてお客様から案を求められたとき、蕾は自分のアイデアに自信がなく、うまくプレゼンテーションができなかったことが過去にあった。説明も要領を得ず、咲人に助け舟を出してもらったものだ。

だけどそれからいろいろと経験を積み、今はとっさでも落ち着いて応えられる。

「たとえば……季節のフラワーギフトということで、オレンジのバラをメインに、小花や実ものを合わせてみてはどうでしょう？　アクセントとしてワレモコウも取り入れて、編み籠に盛るバスケットアレンジなど、秋らしくていいかなと思います」

「ワレモコウってこれ？　なんか野原とかで見たことある」

立ててあるＰＯＰを見た樹里は屈《かが》んでブリキのバケツの中に収まる小さい卵形の花を、デコラティブな爪先で突つく。暗めの赤い花は、ゆらゆらと振り子のように左右に振れている。

ワレモコウは、夏から秋にかけて、樹里の言うように野原や山中でよく見かける野草だ。細い茎の先に、暗紅色の小さな花が、楕円形にまとまって咲く。形がユニークなため、フラワーアレンジメントのアクセントとして使われ、また乾燥させてドライフラワーにもよく利用される。

「オレンジのバラは『絆』や『信頼』、ワレモコウは『愛慕』や『明日への期待』という意味があるので、樹里さんを追いかけたいって想いのある彼氏さんに、期待を込めたお返事になるかなと……」

「ほーすごいわね、そこまで考慮して花を選んでくれるなんて」

感心したように褒められて、蕾はこっそりはにかむ。培った経験が実を結んでいる感覚が嬉しい。

しかし樹里は、難しい顔で思案気に腕を組んでいる。蕾のチョイスは悪くはないが、あとひとつ決定打に欠けるようだ。

「バラは派手だし、さっきのローズヒップティーもおいしかったし、嫌いじゃないのよ？

ワレモコウの個性的な形や色も好きだし。でも、まだおとなしいかも？　こう、もっと私らしさがほしいというか、インパクトが足りないかな」

「樹里さんらしさに、インパクト……」

「ベースはそのバスケットアレンジでいいんだけど、あとひとつくらい、派手な花をプラスしてくれない？」

たしかに、蕾の提案したフラワーギフトは手堅い正統派で、樹里が言うような、彼女らしさやインパクトはない。少々物足りなさを覚える。彼女の希望どおり、もうひと工夫ほしいところだ。

足すとしたら、提案したバスケットアレンジとうまく調和して、かつ、全体をより華やがせる、そんな花。

なかなかに難しい条件だが、こういうときこそ花屋の腕の見せどころだ。

「あ、値段は気にしないで。貧乏学生だけど、彼氏との記念日に贈り物をケチるほど困ってはいないから」

「わかりました」

お言葉に甘えて値札は気にせず、気合を入れて吟味する。

蕾がじーっと花たちと睨み合っていると、カップを下げた咲人がカウンターに戻ってきた。顔を上げれば目が合い、アイコンタクトで「大丈夫そう？」と問われ、蕾は拳を小さく握り「任せてください」の意を返す。

すると、咲人はゆるりと口角を緩めた。

破壊力抜群の王子様スマイルをくらい、ドギマギしながらも、そこで蕾は閃《ひらめ》く。

「そ、そうだ、ケイトウはいかがでしょう？」

「ケイトウ？」

蕾はワレモコウの、三つ隣のバケツの前に移動し、樹里に「こちらです」と示す。開店前、咲人がご機嫌で「新入荷の商品だよ」と説明してくれたので、彼の笑顔を見て思いついた。

「へー、なんだか鶏のとさかみたいな花ね。本当に花なの？　色もいっぱい、すごいカラフル」

「ケイトウは見た目のとおり、鶏の頭って書いて『鶏頭《けいとう》』って呼ぶんです。英名でもそのまま、Cockscomb っていいます。ここにあるだけでも、オレンジ、ピンク、黄色、淡いグリーン、他にも赤や白など、色の種類も豊富です。長期間に渡って花を咲かせるので、使い勝手もよく、アレンジメントや花束でも活躍するんですよ」

「Cockscomb！　面白いわね！」

グローバル女子の本領発揮か、発音が蕾よりネイティブだった。

またケイトウは色だけでなく、形状の種類も多い。ここにあるのはスタンダードなトサカケイトウだが、トサカ部分が球状になった花をつけるクルメケイトウ、花が槍《やり》のように尖ったヤリケイトウ、羽のようなふさふさした花をつけるウモウケイトウなどもある。

「先程お話したバラのバスケットアレンジに加えると、だいぶボリュームが増しますし、花言葉も『お洒落』や『個性』、あと『色あせぬ恋』なので、樹里さんにピッタリだと思います！」

「そんなこと言われるとむず痒いけど……さっきよりは派手で、いい感じになりそう。それでよろしく」

「はい！」

決まったことに胸を撫でおろしながら、蕾はさっそく、アレンジメントの準備に取りかかる。今回はこの流れで、完成までが蕾の仕事だ。

カウンターから出てきた咲人はサポートに回り、蕾がバケツから抜いたオレンジのバラやワレモコウ、ケイトウなど諸々の材料を、丁寧に作業台まで運んでくれた。

花材として、丸型で取っ手付きの、使用頻度の低いグレーのバスケットを選ぶ。茶色や白のバスケットが明るく人気なため、グレーをわざわざ選ぶ人は少ないが、中身を豪華にする代わりに器は慎ましやかなものにしてみた。

花と器が揃って、制作を開始する。

その間、樹里は店内を歩き回ったり、スマホを操作したり、咲人相手に彼氏の愚痴を言ったりしていた。咲人は彼氏さんとも面識があるらしく、苦笑しつつ相槌を打っていた。

しかし、「初デートの私服がダサかった」やら「土いじり中は私の存在を忘れていてムカつく」やら、ぶつぶつと文句をこぼしながらも、樹里の様子は生き生きとしていて、とても楽しそうであった。

蕾が作業中にチラっと窺《うかが》うと、首裏のフウセンカズラも、彼氏のことを語る樹里の声に合わせて、ふわふわと弾んでいたくらいだ。

本当に彼氏さんのことが好きなんだなあと、なんだかちょっとだけ、蕾は樹里のことを羨《うらや》ましく感じた。

「取っ手のところに、カールのついた薄いクリーム色のサテンリボンを巻いて……完成です！」

そうこうしているうちに、ギフトができあがった。蕾はカウンターを挟んで話していた咲人と樹里の間に、トンッとバスケットを置く。

「あら、いいじゃない」

「うん、うまくできたね、蕾ちゃん」

バスケットの中には、オレンジのバラを取り囲むように、白い小花やグリーンがあしらわれている。ケイトウは濃すぎない黄色のものを選んだのだが、間に挟むことで中身の密度を高め、全体をより豪華に見せている。そこから時折飛び出す、ワレモコウのふさふさした花が、ささやかな遊び心を演出していた。

実りの秋を感じさせる、色合い豊かなバスケットアレンジだ。

蕾としても会心の出来で、咲人からも花丸をもらい、樹里も気に入ってくれたようである。

「あとはこれを、あの草野郎の顔面に叩きつけてくるだけね」

「いや、普通に渡してあげてくださいね」

相変わらず口では彼氏さんの扱いが雑な樹里に、咲人がやんわりと突っ込んでいる。これはこれで、樹里なりのノロケなのかもしれない。

それから樹里は支払いを済ませ、袋に入れたバスケットを持って店を出た。

「また大学でね、咲人くん。あんたもありがと」

蕾に対してもフッと微笑みを残して、樹里は来たときと同じ、ヒールの音を高らかに鳴らして『ゆめゆめ』を去っていった。

見送りを終えた蕾と咲人は、ドア付近で並び、軽く立ち話をする。

「ね、第一印象は取っつきにくそうだけど、悪い人じゃなかったでしょ？」

「はい。カッコいいのに、なんだか愛嬌のある人でした」

「あと、もしかしてなんだけど……樹里さんにも、なにか〝花〟が咲いていた？」

誰もいないのに、咲人は内緒話でもするような小声で蕾に尋ねた。瞳は興味津々といったふうに輝いている。蕾が人に咲く〝花〟が一時的に見えなくなったとき、成り行きで咲人に相談してから、彼とはこうして秘密を共有している。

普段は大人びた印象の強い咲人だが、花が絡むと子供のような一面も垣間見せるのが、蕾はちょっと可愛いと思う。

やっぱり咲人に花は欠かせないと、蕾はしみじみ感じた。

「フウセンカズラが、樹里さんの首裏に……」

「やっぱり！　蕾ちゃんがそのあたりをチラチラ気にしていたから、きっとなにか咲いているて思ったんだ。たぶん、フウセンカズラだろうなって予想していたけど……本当に樹里さんは、態度に反して彼氏さんが好きだよね」

ちなみに彼氏さんも、樹里さんが大好きなんだよと、蕾に教えてくれる咲人。彼はクスクスと笑いながら、「樹里さんなら、それこそフウセンカズラみたいに、自由にどこまでも飛んでいきそうだね」とおかしそうに付け足す。

旅立った先でも、樹里なら自分らしく振る舞って成功を掴みそうだ。

でもそれを追いかける彼氏さんは、少し大変そうだなと蕾は思った。そしてまたそんな魅力的な樹里が、咲人の彼女でなくてよかったな……と考えてしまい、その思考をとっさに散らす。

なんとなく、胸のツボミが、微《かす》かに膨らんだ気がした。

「父さんもじきに戻ってくるだろうし、今のうちに作業台の片付けをしておこうか、蕾ちゃん」

「はい！」

気づきかけた感情を隅に追いやって、蕾はまた普段と変わらぬ花に囲まれた風景へと戻っていった。

双子とスイフヨウ

庭山翼《にわやまつばさ》は、黒いランドセルを担いで登校中だった。

翼は近隣の小学校に通う三年生で、いつもは双子の弟と登校するところ、弟はゲームのやりすぎで寝坊したのでおいてきた。そのため、住宅街のアスファルトをきびきびと踏み締めて歩く翼は、本日はひとりだ。

近所のおっちゃんに「弟はどうしたー?」と聞かれ、「寝坊助なんか知りません」と答えたら、「厳しいな、お兄ちゃん」と笑われた。

秋晴れの青々とした空の下、翼の足は迷いなく進む。

途中で曲がり角に差しかかる。小学校へと続く道はこのまま真っ直ぐだが、まだ時間に余裕があったため、翼は角を曲がった。

この先には、ある花が庭に咲いている家がある。

翼は双子の弟と、歳の離れた大学生の兄との、男ばかりの三人兄弟だ。今は家を出てひとり暮らしをしている兄は、趣味がガーデニングの植物愛好家で、その家の花が咲くのを、共に住んでいたときはとても楽しみにしていた。

双子の弟はだらしなくて若干腹立たしいが、気弱だけど優しい兄のことを、翼は純粋に慕っていた。意外にも派手系な年上の彼女と、長らくお付き合いしている兄だが、その彼女とも翼は仲が良い。

来月には弟と、兄の住む隣町に遊びに行くつもりだ。そのときに、花のことを教えてあげようと思った。

目的地の家は老夫婦がふたりで住んでいる、なぜかポストだけが西洋風の、あとは純和風の家屋だ。今年も綺麗に咲いているといいなと期待しながら、辿り着いた家の花を、柵越しに眺める。

「今年は〝白い花〟が咲いたんだな」

兄ちゃんに教えてあげなきゃ、と使命感を抱いて呟き、兄の喜ぶ顔を想像して、翼は今度こそ学校に向かった。

※

庭山翔《かける》は、黒いランドセルを担いで下校中だった。

翔は近隣の小学校に通う三年生で、いつもは双子の兄と下校するところ、兄はクラスの係活動で遅くなるため、先に帰ることにした。住宅街をだらだらと歩く翔は、本日は行きも帰りもひとりだ。登校時は、自分が寝坊したら置いていかれた。

近所のおばさんに「あら、翼ちゃんは?」と聞かれ、「真面目くんは委員会です」と答えたら、「双子で見た目はそっくりなのに、性格は正反対よね」と笑われた。

夕焼けの差す秋空の下、鼻歌を歌いながら進む。

途中で曲がり角に差しかかり、寄り道をしたくなった翔は、角を曲がってあるものを見に行くことにした。

この先には、庭にある花が咲いている家がある。

その昔、一番上の兄が好きだと言っていた花だ。

翔は双子の兄と、歳の離れた大学生のもうひとりの兄との、男ばかりの三人兄弟だ。

一番上の兄は趣味で家庭菜園をやっていて、離れて暮らしているが、時々自作のミニトマトやらイチゴやらを携えて実家に帰ってくる。花も育てていて、綺麗に咲くとお土産としてたまに翔に持って来てくれる。

双子の兄は口煩《うるさ》くて若干鬱陶《うっとう》しいが、自分を甘やかしてくれる一番上の兄には、翔はよく懐《なつ》いていた。兄の彼女も個性的な見た目の美人で、一見すると近寄りがたい雰囲気だが、翔を可愛がってくれるので嫌いではない。

「アメリカンフラワーとも言うらしい。俺もよくわからないが、大丈夫だ。もうすぐ解説役が戻ってくる」

　葉介のその言葉と同時くらいに、入り口の扉がドアベルの音と共に開かれた。お客さんかととっさに蕾は振り向くが、そこにいたのはお向かいの店の店主だった。

「稲田《いねだ》さん？」

「あ、こんにちは、蕾さん」

　中肉中背、短く切り揃えた黒髪に、人好きのする素朴な顔立ち。服装も雰囲気と同じおとなしめな青のチェック柄のシャツに、くたびれたジーンズ姿の青年の名は、稲田耕《こう》司《じ》。花屋『ゆめゆめ』の道路を挟んで向かい側にある、昭和レトロな手芸用品専門店『コバト』の若き店主である。

　彼はなにやら、大判のカタログでも入りそうな大きさの白い箱と、Ａ４サイズの紙の束を両手に抱えていた。

「いや、すみません。試作品のヒガンバナのブローチだけ持ってきて、チラシの方を忘れてきてしまって……ついでに他の品も取ってきました」

　彼は「失礼します」と律儀に一声かけて、カウンターに白い箱を置いた。その拍子に手首のあたりに咲く、オレンジ色の小花たちが揺れる。彼の初恋の人との想いが秘められた、淡く甘い香りを放つキンモクセイだ。

「それでは少々お時間を頂いて……蕾さんもいることだし、最初からうちの新企画について、説明させてもらいますね」

新企画？　と首を傾げつつ、蕾はおとなしく耕司の話に耳を傾ける。

「来たるべき十二月のクリスマスシーズンに向けて、なにかうちの手芸店でも特別なことをしようと思いまして……クリスマスといえばプレゼント、プレゼントといえば手作りでしょう？　定番の編み物関係の商品以外にも、ハンドメイド系の商品を売り出せないか悩んで、思いついたのがこのディップアートなんだ」

ディップアートとは、アメリカで誕生した、ワイヤーとディップ液という合成樹脂液を使った、比較的新しいアートだ。アメリカ生まれということに加え、花のモチーフが多いことから、日本ではアメリカンフラワーとも呼ばれている。

「この独特の質感が魅力的だろう？　ワイヤーで形をつくって、好みの色のディップ液に浸して乾かすだけ。材料さえあれば手軽につくれるし、手芸好きの間でも人気なんだ」

「この透明な膜がディップ液なんですね。そんなのがあるんだ……」

ディップ液はかなり粘度が高いので、乾かす前でも滴り落ちるということはない。少しの間放置して乾かすと、完全に固まってくれる。

蕾はすごいなあと、手の中の繊細なヒガンバナの花を指先でつつく。

花のモチーフが主流だが、ディップアートは花に限らず他の形でも応用できる上に、加工次第ではインテリア雑貨やファッションアクセサリーなど、いろいろなものに仕上げられるため、その多様さも人気の理由だろう。より簡単なものだと、マニキュアをディップ液の代わりにした、マニキュアフラワーというのもあるらしい。

「ディップアート用の材料を商品として押すのは当然として、完全受注生産で、僕がお好みのディップアート製品をつくります……っていう企画も一緒に始めようかと思って。値段は応相談で」

「オーダーメイドってことですね」

「クリスマスのプレゼント用にいいかなーって。ちなみにこれ、ハヅキのアイデアなんだよ」

「ハヅキちゃんの！」

ハヅキは頭にハイビスカスを生やした近所の女子高生で、耕司に片想い中の元気娘である。

「最近いつにも増して、頻繁に店に来てくれるんだよなあ」と耕司は呟いており、どうやらハヅキは頑張ってアピールしているみたいだ。

「どうしたんだろうな？　部活は水泳部だし、寒い間は余裕があるのかな。それにしたって、ハヅキがこんなに手芸好きになってくれるとは思わなかったよ」

しかしそのアピールは、鈍感な耕司にはまったく伝わっていないらしい。

「うちに来たのは、それの宣伝協力のお願いだったか？」

「はい。別名がアメリカンフラワーだし、お花繋がりで。この前のメッセージリボンのお知らせみたいに、『ゆめゆめ』さんのところにもチラシと、あと見本の商品を置いてもらえないかと……」

「ああ、いいぞ」

葉介はあっさりと了承する。

以前にも、好きなメッセージをプリントしたオリジナルリボンの制作を耕司の店が始め、それを『ゆめゆめ』で花束に使用するなど、お向かいさん同士で協力することにはどちらも積極的だ。

耕司は「ありがとうございます！」と嬉々として礼を言う。

「この白い箱には、ハヅキとつくったディップアートの髪飾り、イヤリングやネックレスとかのアクセサリー類、ミニモビールなど、もろもろ入っています。楽しくてつくりすぎちゃったので、ディスプレイ用以外はよかったらまたもらってください。常連さんとかに、花のおまけに無料で配っても大丈夫です」

「『向かいの店で手作りの材料も買えますし、オーダーメイドも承っていますよ』……という一言を添えてだろう」

「そうして頂けると助かります。さすがですね」

一見すると気弱そうな耕司だが、商売には結構強《したた》かだ。葉介も抜け目がないので「そっちでも、『本物の花は向かいで買えますよ』ってちゃんと言っておけよ？」と付け足している。

蕾は大人の取引に感心するばかりだ。葉介の見た目に〝取引〟という言葉が合わさると、裏社会っぽい危険な香りがするのが難点だが。

「クリスマスのオーナメントなんかも、ディップアートでつくるのもありかなって、今ハヅキと試しているんです。お星様とかヒイラギとか。完成したら、そちらもまた持ってきますね」

「それなら、クリスマスディスプレイにも使えそうだな」

葉介はふむと腕を組む。蕾の予想どおり、少々遅れていよいよ『ゆめゆめ』の店内も、クリスマスモードに突入するようだ。

「オーナメントも商品にしたら売れそうですね。私も欲しいですもん」

「『ゆめゆめ』メンバーさんには、どんなディップアートでも無料でお引き受けしますので、欲しいものがあったら注文してくださいね。僕もハヅキもお世話になっていますし、優先的につくります。たぶんお花のモチーフでしょうけど、なんの花でも、なんの加工でも、だいたいは対応できますから」

ではよろしくお願いします、と頭を下げて、耕司は店を出ていった。

彼がいなくなったあと、蕾は白い箱を開けて、葉介と中身を検証してみる。

「たくさんありますね……！　パーツを組み合わせて、立体的なものもつくれるんですね」

「この箱のものは全部、花のモチーフだな」

箱の中には壊れないように緩衝材が敷かれ、色とりどりの花が咲いていた。

パンジーのヘアゴム、アジサイのバレッタ、リンドウのイヤリング、カーネーションのキーホルダー、アサガオのマグネット、コスモスのネックレス……と、蕾が今まで、人の体に咲いているところを見てきた花も多々ある。人ではない、犬の背中に咲いていた花もあるが。

「わん！」

「ん？」

タイミングよく、元気な犬の鳴き声が聞こえた。耕司が先程出ていった入り口の方からだ。次いで来店した者も、蕾の知っている顔だった。

「あれ、芽衣子《めいこ》さんじゃないですか」

「お久しぶりです、蕾さん……」

訪れたのは、商店街の本屋で書店員をしている、肥田《ひだ》芽衣子だった。

常連とまではいかなくとも、たまに来る馴染み客のひとりである。

「お久しぶりです。モモは元気にしていますか？　さっきの鳴き声を聞く分には元気そうですけど」

『モモ』とは芽衣子の飼っている、見た目は豆芝っぽい小型犬だ。茶色の毛に丸い立ち耳が愛くるしく、またその背中には、前の飼い主とのエピソードが隠された、ピンクのアジサイを咲かせている。

犬は店内には入れないので、『ゆめゆめ』の店前に今はリードで繋がれているようだが、姿は見ずとも威勢のよさは蕾にも伝わってくる。

「おかげさまで、モモは元気です。関係も良好で、自分で言うのもなんですが、かなり懐いてくれているかと……犬好きさんの集まりなんかにも、たまにモモと参加するようになったんですよ」

「それはよかったです！　芽衣子さんもますます素敵になったというか……」

「そ、そうでしょうか」

初めて芽衣子が『ゆめゆめ』に来たときは、変な眼鏡にべったりしたロングヘアーで、服も地味な後ろ向き女子だったが、あることがきっかけで前向きになり、すっかり今時女子に変身した。ダークブラウンに染めたショートボブに、ナチュラルメイク。服装は白ニットに紺のダブルジャケット、下はブルーのレーススカートを合わせていて、流行をしっかりと押さえている。

内気だった性格も、モモのおかげで社交的になれたようだ。

控えめに微笑む芽衣子に、蕾は朗らかに問いかける。

「今日はモモの散歩ついでに、お花を買いに来られたんですか？　お求めの花がありましたらおっしゃってくださいね」

「あ、ああ、いえ！　実は花を買いに来たというよりは、別の用事が……もちろんお花も見たいのですが！　その、ちょっと助けてほしくて……」

「助ける？」

こくり、と芽衣子は頷き、神妙な表情を浮かべて入り口に視線をやった。

「実はモモの散歩中に、この辺りで迷子になっていた、双子の男の子たちと遭遇しまして……」

「迷子の双子？」

「なんでも隣町から、こっちでひとり暮らしをしている、大学生のお兄さんに会いに来たそうなんです。双子は小学校三年生で、今日は平日だけど、創立記念日で学校は休みだって言っていました。だからわざわざ来たのに、バスを降りてお兄さんの家に向かう途中で、道に迷ったらしいんです」

「……迷子なら、ここより交番まで連れていった方がいいんじゃないのか」

黙って話を聞いていた葉介が、ボソリと落とした言葉はもっともだ。花屋よりは、交番のお巡りさんに任せた方が正しい。力にはなってあげたいが、蕾としても対応に困るところである。

しかし芽衣子は、「交番に行く必要はないんです」と控えめに口にした。

「双子が持っていた地図を見せてもらったら、お兄さんのお住まいは私の家の近くにあるアパートだったので、そこまで連れて行ってあげようかと……」

「それならもう、送って行くだけですよね？　助けるとは……？」

「迷子のことで助けてほしいのではなく、双子たちが道中でとある花のことで喧嘩を始めたんです……。それで困っていたら、ちょうど『ゆめゆめ』さんの前を通ったので、蕾さんたちならなにかわかるかと」

「花のことで喧嘩、ですか」

「もう私にはさっぱりで……と、とにかく、その子たちを呼んできますね！　今は外でモモと一緒にいるので！」

芽衣子はバタバタと、足早にドアの向こうへと消えていった。

葉介は「ガキが来るのか……」と呟くと、スッと流れるような動きで店の奥へと引っ込んでいく。まだ幼い双子を怯えさせないための配慮だろうが、その慣れた対応が悲しい。

「最近は千種《ちぐさ》ちゃんとは、だいぶ仲良くなれてきたんですけどね……」

千種は常連さんの娘で、年齢は双子とそう変わらない小学校四年生だ。葉介のことを『魔王』と呼んで怖がり避けていたが、葉介の努力の甲斐もあって、近頃は歩み寄りを見せている。

蕾は葉介の哀愁漂う背中に対し、「優しい魔王に光あれ……」と心の底から願った。

そして葉介の姿が見えなくなると、入れ替わりで芽衣子がその双子を連れて戻ってくる。

「はじめまして、庭山翼です。お仕事中、お邪魔します」

「庭山翔でーす。こんにちは」

芽衣子の左右に並んだふたりの男の子は、一卵性なのか顔や体型がそっくりだった。ツーブロックの髪型や、横縞のセーターに黒のジーンズ、首に巻かれた紺のマフラーまで、親があえて揃えているのかまったく同じため、本当に写し鏡のようだ。

ただ、どっちがどっちなのか迷うことはない。ふたりの雰囲気があまりに違うのだ。

礼儀正しい態度で、深々と頭を下げた真面目そうな方が翼。だらっとした猫背で、マイペースそうな方が翔。性格が外見に如実に出ているため、簡単に見分けがつく。

「翼くんと、翔くんだね。お花のことで喧嘩したって、芽衣子さんに聞いたけど……」

「迷子のところを助けて頂いたのに、芽衣子お姉さんにはご迷惑おかけしてすみません。でも翔がおかしいんです……！」

「おかしいのは翼だろー！」

「ま、まあまあ。よかったら、私にも話を聞かせてくれるかな？」

少し屈んで目線を合わせ、蕾が優しく語りかけると、しっかり者の翼の方が進んで説明してくれた。

「先月のことなんですけど、僕は登校中に、近所の家にとある花を見に行ったんです。昔、翔と大学生の兄と三人で見た花で、名前は教えてもらい損ねたんですけど、兄が好きだと言っていたので覚えていました。それで今年も咲いていたことを、今日久しぶりに会う兄に報告しようと思っていたのですが……」

「翼が、花は〝白〟だったって言うんだよー。俺もその日に、下校中に寄り道して見たんだけど、ぜんぶピンクを濃くした感じの〝赤〟だったのに」

横から口を挟んできた翔に、翼はムッとした顔をする。

「本当に、佐々木《さ さ き》さんの家の花を見たのか？　どうせ適当な翔のことだ、家を間違えたんだろう」

「はあ？　ちゃんと佐々木さん家に行ったし！　じいさんとばあさんがふたりで住んでいる、オンボロな家だろ！　なんでかポストだけヨーロッパみたいな！」

「口を慎め、翔！　ああいうのは『古き良き』っていうんだ！　ポストはあの家のおばあさんが、通販でミスって注文したらしいって母さんが言っていたぞ！」

「でもほら！　俺は間違ってないだろ！　翼が花を見間違えたんじゃねぇのー？」

「それこそ違う！　ちゃんと兄ちゃんと一緒に見た花だった！　白色の！」

「赤だってば！」

「白だ！」

「……こんな感じでして」

芽衣子は困った顔で頬を掻く。これはなかなか骨が折れそうだと、蕾は眉を下げた。

こんな調子で喧嘩したままでは、道案内もままならないだろう。ふたりの言い争いに反応して、モモもきゃんきゃん鳴きだして本当に大変だったらしい。花のことだし、芽衣子が目についた『ゆめゆめ』に、とっさに助けを求めて駆け込んだ気持ちも蕾はわかる気がした。

「え、えーと、色以外の、花の特徴を教えてくれるかな？」

「庭に植えられている、低い木に花が咲いていていました」

「花びらがバッと開いている、ドーンと大きな花だよ」

翼と翔が、それぞれ身振り手振りで教えてくれる。

「じゃあ、お兄さんと一緒に見たときは、何色の花だったの？」

蕾のその問いに、ふたりは「薄いピンク」とハモって返す。それから「真似すんな！」と、またまた声を揃えて睨み合い出した。

もう少しなんとか詳しく聞き出したところ、お兄さんがふたりの誕生日に、ファミレスでお昼ご飯を奢《おご》ってくれて、その帰りに例の花を見たそうだ。ただお兄さんが家族と住んでいた頃の話で、もう三年ほど前になるので、花の種類は同じでも色違いのものに植え替えられているとも予想できる。

「だからつまり……」

宥《なだ》め役は芽衣子に任せ、蕾は頭の中で話を整理する。

登校時に翼が見たのは、白い花。

下校時に翔が見たのは、赤い花。

ふたりが見たものは同じ家の、同一の花のようだし、光の加減などで色の見え方に差があったのか。たとえば夕方だと、白い花が夕焼けを帯びて、翔の言う赤っぽく見えたおそれもなきにしもあらずだ。それか白い花ばかりが咲いている箇所と、赤い花ばかりが咲いている箇所とがあって、それぞれ違うところを見たのか。これも、もしそうなら庭を覗いた位置によって変わる。

可能性としてはどれも大いにあり得るだろう。

しかしながら、おそらく今回はそのどれでもない。低木の大きな花、過去にお兄さんと昼に見たときは、薄いピンクが咲いていたというヒントで、蕾には「あの花だろう」とピンとくるものがあった。

だがそれを解説する前に、双子の争いがヒートアップしていく。

「大体、翔は普段からいい加減なんだ！　朝も寝坊ばっかりだし、宿題だって忘れすぎだろ！」

「翼はいつも口煩いんだ！　風呂の時間やゲームの時間まで、いちいち細かく口出しすんな！」

「親切で言ってやってるんだぞ！」

「それが余計なお世話なんだよ！」

「ぐうたら！」

「堅物！」

「お、落ちついてください、ふたりとも！」

ついに取っ組み合いを始めてしまった双子を止めようと、芽衣子があわあわと仲裁に入るが、ふたりは歯牙《しが》にもかけない。「『自堕落』って言うんだ、お前みたいなの！」「それなら翼は『融通が利かない』ってやつだろー！」と、小学生らしからぬ言葉で互いを罵《のの》り、相手の頰をつねったりマフラーを引っ張ったりしている。

「翔なんて嫌いだ！　バカ！」

「翼なんて嫌いだ！　アホ！」

悪口の語彙《ごい》力は低下しているが、互いへの攻撃は苛烈《かれつ》さを増している。このままではスタンドやらバケツやらを倒して、怪我をする大惨事になりかねない。店も滅茶苦茶になってしまう。蕾も芽衣子の方に加勢するも、小学生男子のやんちゃさは案外手に負えないもので、どうすれば鎮静化するのかさっぱりだ。

芽衣子は芽衣子で、もとの性格のネガティブスイッチが入り、「このままではお店に多大なるご迷惑が……私が喧嘩も止められない役立たずのせいで……」と落ち込みだし、場は混乱を極めている。

「翼くん、冷静になろう！　翔くん、暴力はダメだよ！　芽衣子さん、しっかりしてください！」

蕾の渾身の叫びは喧騒にかき消された。せっかく謎が解けたのに、これでは答え合わせすら不可能だ。

しかし、騒ぎを聞きつけた葉介が店奥から顔を出し、ついに魔王の降臨かというところで、場にそぐわない爽やかな声が蕾の耳に届く。

「なんだか大変なことになっているね」

「咲人さん……！」

いつの間に店内に入ってきたのか、颯爽と現れたのは咲人だった。

大学帰りにそのまま来たのだろう、大きめのトートバッグを肩から下げ、丈の長いキャメル色のチェスターコートを着ている。店の中で会うことが基本なので、咲人のこういう姿は蕾には新鮮だ。

そのモデルのような立ち姿に、一瞬だけ見惚れていた蕾は、「遅くなってごめんね」という彼の言葉で我に返った。いまだ、双子は言い争いを続けている。

「なにがあったのか聞くのはあと回しで、まずはあの小さいお客様たちを宥めてくるね」

咲人は長い足を動かして、臆せず渦中《かちゅう》の双子へと近づく。そして少し屈んでポンと、ふたりの頭に優しく手を置いた。

「事情はどうあれ、店の中で暴れるのはよくないな。元気なのはいいことだけどね。まずは一旦、どちらも落ち着こうか」

「でも翔が……！」

「うるせー、翼が……！」

それでもまだいがみ合うふたりに、咲人は光の粒子を背後に散りばめながら、眩しい王子様スマイルを向ける。

「それにほら、喧嘩ばかりしている悪い子たちには、サンタさんがプレゼントを持ってきてくれないよ？」

ピタリと、その一言で翼と翔は動きを止めた。

年頃的に、まだどちらもサンタを信じているらしい。

言動が大人びている翼でさえ、翔と一緒になってサアッと顔を青ざめさせており、蕾は「そこは年相応なんだなあ」と感じた。

『サンタさん来ないぞ』というこのシーズン限定の脅しは、双子にはとても有効のようだ。一気に毒気を抜かれたようにおとなしくなったふたりの頭を、よしよしと撫でてから、咲人は暗い顔をしている芽衣子に対しても「いらっしゃいませ、芽衣子さん。また来て頂けて嬉しいです」と声かけを忘れない。

その咲人のスマートかつ完璧な対応に、蕾は感服する。

「すごいです、咲人さん……！　こんな簡単に、瞬《また》く間に場を収めてしまうなんて！」

「俺はたいしたことはしてないよ？　素直な子たちで助かったよ。それで、一から状況を教えてくれるかな？」

この場の主導権は、もう完全に咲人のものだ。出番を逃した葉介は、ひっそりとカウンター奥で伝票チェックを始めている。

「なにがあったのかといいますと……」

代表して、蕾が咲人に説明する。芽衣子が迷子の双子を保護したところから始まり、その双子が花のことで喧嘩になった経緯まで、丁寧に伝えると、咲人はところどころ笑いながら聞いていた。

「俺がいない間に、なかなか楽しい事件が起こっていたんだね。でも蕾ちゃんは、もうその花の正体がわかっているようだけど」

「はい、実は……」

「え、わかったんですか⁉」

やっと調子を立て直した芽衣子が、「さすがです！」と感嘆の声をあげた。しっかりと確信を持って、蕾は花の名前を口にする。

「おそらく、翼くんと翔くんと、あとお兄さんが見た花は、赤も白もピンクもすべて同じ、ひとつの……スイフヨウだと思います」

「スイフヨウ？」

翼に翔、芽衣子までもが同時に首を傾《かし》げた。「写真とかあった方がわかりやすいかな？」と気を利かせた咲人が、カウンターの近くに設置された棚から一冊の本を持ってくる。

アンティーク雑貨の一部として、古めかしいカバーに包まれているが、中身は最新版の植物図鑑だ。咲人はパラパラとページをめくり、スイフヨウについて書かれた箇所を芽衣子たちに開いて見せる。

「スイフヨウは芙蓉《ふよう》の一種だね。芙蓉は日本や中国が原産で、古くから愛されてきた気品のある花だよ。『芙蓉の顔《かんばせ》』って、美人を例える諺《ことわざ》もあるくらいなんだ。花言葉も、『しとやかな恋人』や『繊細な美』だし。そんな芙蓉の中でもスイフヨウは、面白い特性があってね」

咲人は図鑑に掲載されている三枚の写真を、順番に指さしていく。

「ひとつの花の色が、時間が経つにつれて変化していくんだ。朝は白、昼はピンク、夕方には赤くなって、一日で萎《しぼ》む。この色の移り変わりから転じて、『お酒に酔って顔が赤くなる花』ってことで、『酔う』って漢字を使って、『酔芙蓉《すいふよう》』って名前がつけられているんだよ」

「だから、登校中の朝に翼くんが見たときの花は白。下校中の夕方に翔くんが見たときの花は赤。お兄さんとお昼に三人で見たときはピンクだっただけで、みんな同じひとつの花を見ていたってことなんです」

咲人に続いて、蕾はようやく種明かしができたことに安堵した。

翼も翔も、喧嘩などしなくとも、どちらも正しい色を述べていたのである。

「へぇー……そんな花があるんですね。アジサイの色の秘密も複雑怪奇ですが、お花は奥が深いです」

感心したように芽衣子は写真を覗き込む。

『酔っぱらい芙蓉』の名でも親しまれているスイフヨウは、その華美な装いだけでなく、色の移り変わりでも見る者を楽しませてくれる。要因はスイフヨウに含まれるアントシアニンという色素で、朝方の花弁にはこの色素がないため白く、午後になると温度変化で色素が生成されて、花が赤くなっていくのだ。

　また芽衣子は、愛犬のモモと縁の深いアジサイを例に出したが、アジサイもアントシアニンを含み、こちらは土の種類によって色が変わる花だ。彼女の言うように、本当に花は奥深いと蕾は頷く。

「スイフヨウ……」

　黙ってスイフヨウの話を聞いていた双子が、ほとんど同時に花の名前を呟いた。

「酒に酔っぱらう花って……兄ちゃんみたいだ。兄ちゃん、お酒に弱くて、ちょっと飲んだら顔がまっ赤になるし。いつかの家族でやったクリスマスパーティーでも、シャンパンで倒れていたっけ」

　ポツリとそんなことを口にした翼に、翔も大人ぶって腕を組み、うんうんと同意を示す。

「兄ちゃんの彼女の姉ちゃんより、めちゃめちゃ弱いもんな……姉ちゃんが言ってた。一緒に飲んでもすぐに潰れるって」

「お酒っておいしいのかな？　……大人になったらわかるか」

「俺、父ちゃんがビールを飲みすぎて、怒った母ちゃんに変えられた子供用ビールなら、こっそり飲んだことあるぜ。ただの炭酸だった」

「またお前はそういう……！　ああ、もういいや」

翼は文句を言いかけた口を噤《つぐ》んで、意を決したように翔に向き合うと、そのままペコリと頭を下げた。顔を俯《うつむ》けて、小さな声でもごもごと謝る。

「……翔が見た花の色、間違ってなかったのに、疑ってごめん」

「俺こそ……翼が見た花の色、間違ってなかった。……悪かったよ」

翔もバツの悪さを残しながらも、素直に翼に謝罪した。

僅《わず》かな間を空け、翼はふと「……兄ちゃんがさ、あの花を好きな理由って、なんだろうな」と翔に問う。

「そういや聞いてないなー。あれかな、地味な自分と違って見た目が派手なとこかな。それかこの色が変わること、知っていたからかな」

「会ったら兄ちゃんに聞いてみようか……ふたりで」

「だな。今年もスイフヨウが咲いていたことも、ちゃんと報告しようぜ、ふたりで」

やっと仲直りを果たし、双子は顔を見合わせてニカッと笑った。

その光景に、芽衣子と蕾は胸を撫でおろす。

咲人は変わらずにこにこと楽しそうで、離れたところでは、沈黙を守っていた葉介がやれやれと溜息を吐き出していた。

「蕾さんに咲人さん、それに店長さんも。ご迷惑おかけしてすみませんでした。でもおかげで助かりました！　これからこの子たちを、お兄さんのアパートまで案内してきます。ただその前に……お詫びと言ってはなんですが、『ゆめゆめ』さんの花をいっぱい買わせてください！」

そう意気込み、芽衣子は本当にあらゆる種類の切り花を選び、お花のパレードみたいな花束を要望した。そんなに気にしなくとも、そもそも芽衣子は親切心で双子を保護したのに……と蕾は思ったのだが、花を物色する芽衣子が楽しそうだったので、まあいいかと思った。家の花瓶にどーんと飾るそうだ。

「蕾、これだけ購入してもらったんだ。オマケでさっきのあれ、つけてやったらどうだ。何個かちょうどよさそうなのがあっただろう」

双子がモモを構いに外に出たので、やっとカウンターの外に復帰できた葉介が、蕾にそんな助言をした。隙を見てピンクエプロンをつけ、店員モードになった蕾は、束ねた大量の花にペーパーを巻いていた手を止め、なんのことかと考える。

「さっきのあれ……ああ！」

意図を理解し、蕾は耕司が置いていった白い箱の蓋を開けた。その中からディップアートでつくられたアジサイのバレッタを取り出し、花束と共に芽衣子に「よかったら」と手渡す。

最初、芽衣子はもらえませんと遠慮していたが、「期間限定のオマケです」と蕾が押すと、〝限定〟という言葉に弱いらしく、最終的には受け取ってくれた。「モモの花です！」と、とても喜んでいた。

「それでは行きましょうか、翼くん、翔くん。モモも」

「よろしくお願いします」

「よろしく頼むよ、芽衣子姉ちゃん」

「わん！」

さっそく髪にバレッタを留めた芽衣子が、店先で待つふたりと一匹に声をかけ、豪奢《ごうしゃ》な花束を抱えつつも、モモのリードを摑んで歩み出す。

外は冷たい風の吹く曇天だ。天気が崩れる前に、双子を送り届けた方がいいだろう。

彼女の後ろに続いて、賑やかな双子も駆け足で去っていく。

ふたりでしっかり、手を繋いで。

その小さな背中には、来たときはなかったはずの〝花〟が咲いていた。花弁を大きく開かせた大輪のスイフヨウは、翼の背の右側で白く、翔の背の左側で赤く、堂々と色鮮やかに存在を主張していた。

遠ざかる彼らを見送った蕾には、並んで咲き誇るスイフヨウが、最後まではっきりと目に映っていた。


「ふう……」

「お疲れ様、蕾ちゃん」

一息ついて蕾が店内に戻ると、こちらもコートを脱いでエプロンをした咲人が、カウンター前で白い箱の中身を物珍しげに見ていた。箱を受け取った経緯は葉介から聞いたらしく、耕司作のチラシをどこに貼ろうかと思案する葉介に対し、「表のボードでいいんじゃないかな?」と提案している。

『ゆめゆめ』の店頭には、コルクボードが乗った、木枝で組まれたイーゼルスタンドが佇んでいる。セールやイベント開催などのときに、主にお客さんへの告知用に使われる掲示板だ。

そこでいいかと、葉介はチラシの束から一枚だけ抜き取った。のちほど外のボードに貼るようだ。

「それにしてもディップアートって興味深いね。しかも稲田さんは、リクエストがあれば好きな花をつくってくれるんだろう？　お言葉に甘えて、忙しい時期が過ぎたら、俺もなにかつくってもらおうかな。父さんもどう？　ピンクのチューリップの小物とか」

「……俺の選択肢はチューリップしかないのか」

「だって父さんといえば、母さんとの思い出の花のチューリップだろう。春になったら、レジ前にでも置いたらいいじゃないか」

「そういうお前は、なにをつくってもらうんだ、咲人」

ムスッとした葉介のその問いに、咲人は顎に手を添えて考え込む。端正な顔は真剣そのものだ。

「そうだな……チューリップに合わせて春らしい花だと、スイートピーやアマリリスとか……。いや、これからの冬の季節にピッタリな、シクラメンやスノードロップなんかも、ディップアートにしてもらったら綺麗だろうね。変わり種のパフィオペディルムやゲッカビジンなんかも、稲田さんが困りそうだけど見てみたいし……ああ、でも」

つらつらと花の名をあげていたが、思いついたように咲人はその花を口にする。

「やっぱり俺はアガパンサスかな」

夏に咲く、淡い紫色の花が、蕾の視界の中で揺れる。

「ね、蕾ちゃん」と、唐突に咲人に悪戯っぽい笑みを向けられ、蕾の心臓は大いに跳ねた。

同時に、やっぱり咲人にとって胸に咲くその花は、無数に愛する花がある彼の中でも、特別なのだなとあらためて思う。

そこに秘められた想いは気になるし、蕾は何度も尋ねている。だけど今さらだが、自分の知らない、咲人の大切な人との思い出の花だと考えると、秘密を教えてもらうことを臆する気持ちもふと湧いた。

知りたいのに、知るのが少し嫌なような。

「蕾ちゃんは、どんな花でなにをつくってもらいたいの？」

「……私ですか？」

聞かれた質問に、矛盾した考えを押しやって、蕾はいくつか花を頭に浮かべる。しかしながら、これといった花が思いつかない。物はインテリア用の小物でも、芽衣子にあげたバレッタのような髪飾りでもなんでもいいが、花屋としても選ぶ花はこだわりたいのに。

蕾は無意識に自分の胸に手をあてる。

最近、どんどんと膨らみを大きくし、開花を進める胸のツボミ。

完全に花が開くのはまだ先でも、もう少し成長すればこれがなんの花なのか、ツボミの形だけでも判断できるようになるだろう。

わかったらその花が、私にとっての特別になるのかな……と思いながら、蕾は咲人の問いに「また今度、決まったら教えますね」とだけ返しておいた。

パンパンと、そこで葉介が手を叩く。

「無駄話はこのへんにして、ちょっと真面目な話に移るぞ。クリスマスシーズンの内装や、年末年始の営業についてだ。……来月に入ったら、こんなのんびりはできないからな。テキパキ決めて動くぞ」

「は、はい！」

そこからは、『ゆめゆめ』メンバー三人でプチ会議を開いた。ある程度まとまったところでお客さんが来たので、葉介と咲人が対応に回る。

蕾は、カウンターの隅に寄せて置かれた耕司作のチラシに目を留め、葉介の代わりに今のうちに貼っておこうと外に出る。コルクボードの真ん中にチラシを配置し、四隅を押しピンで留め、これでいいかと立ち上がったところで、視界をハラリと白いものが掠《かす》めた。

「わ……雪？」

中でも品格を備えた植物だ。お正月は他にも、正月飾りや寄せ鉢のギフトなど、花は至るところで大活躍する。

このように、クリスマス、お歳暮、お正月と、行事が続く中で、花屋は毎年どこもてんやわんやだ。

そして商店街の片隅にある小さな花屋『ゆめゆめ』も、例に漏れず大忙しであった。

※

「お待たせいたしました、ご注文頂いたクリスマスのギフトフラワーになります。よいクリスマスをお過ごしくださいね……ごめん、蕾ちゃん！　電話が鳴っているの取ってもらっていいかな？」

「わかりました！　……はい、お電話ありがとうございます、花屋『ゆめゆめ』です。お正月アレンジメントのご予約ですね、少々お待ちください」

「……ギリッギリに滑り込みで依頼がきた。俺はお歳暮の鉢を届けに行ってくる。しばらく店を空けるが頼むぞ」

来客も電話もひっきりなしで、蕾たちは息をつく暇もない。

本日は十二月二十五日。外はいい感じに淡雪の舞うホワイトクリスマスで、街には幸せそうなカップルや、仲睦まじい家族連れが溢れているが、こちらはそんな聖なる空気とは正反対の修羅場である。

だけどこの慌ただしさが、最近やたらと咲人関係のことで、悶々と頭を悩ませてしまう蕾には少しありがたかった。

仕事に忙殺されていると、余計なことを考えなくて済む。くるくる働いている方が、変に苦悩する時間を過ごさなくていいのだ。

「蕾ちゃん、また電話取れそう？」

「お任せください！」

ひとまず今日を乗り切ろうと、蕾は気合いを入れて仕事に没頭した。

「お疲れ様、蕾ちゃん。元気……ではなさそうだね」

「話には聞いていましたが、このシーズンの花屋さんがこんなに忙しいなんて……今日はとくに、ものすごく大変でした」

『Close』の札をかけて、ようやく一息つけた『ゆめゆめ』の店内で、蕾はぐったりとカウンター前の椅子に体を預けていた。

ずっと頭上にあった、赤いトンガリに白い綿のついたサンタ帽も、もう必要ないので取って膝の上に置いてある。従業員にもクリスマス要素を……ということでわざわざ用意したもので、『ゆめゆめ』メンバー三人は、一週間ほど前からこれを被って接客をしていた。量販店で選んで買ってきたのは咲人である。

当初の予定では、葉介だけトナカイの角つきカチューシャだったのだが、お子様に「ついに魔王に角が生えたぞ！」と恐れられたので、あえなくサンタ帽を追加で購入し、三人お揃いになったのだ。

サンタというよりサタンな魔王様は、配達に出てまだ帰ってきていないが、近場なのでじきに戻ってくるだろう。

「この帽子ともやっとお別れだね。本当に、毎年のことだけどバタバタだったなあ」

蕾のそばに立つ咲人も帽子を取って息をつき、珍しく端正な顔にちょっぴり疲労を滲《にじ》ませている。然《さ》しものフローラル王子も、この多忙さには参ったようだ。

「でも今年は蕾ちゃんがいてくれたおかげで、すごく助かったよ。俺と父さんだけだともっと厳しかったから。たくさん働いてくれてありがとうね」

「い、いえ！」

ふるふると蕾は首を横に振る。業務に始終追われていたために、自分が本当に役に立っていたのか、いまいち実感がなかった。

　咲人はぐっと、体を解《ほぐ》すように伸びをする。

「さて、次は年末年始に向けての準備だね。このあとはディスプレイチェンジだ。父さんが戻ってきたらもうひと踏ん張りで、まずはツリーを片付けないと」

「あ、あの、そっちは本当に、私は手伝わなくて大丈夫なんですか……？」

「いいよ、蕾ちゃんは勤務時間終了しているんだから。でも大まかなとこは、俺と父さんで今から手をつけるけど、細かいところの片付けは、明日の朝に一緒にやろうね。他の装飾はそこまで派手にしてないし、すぐ済むよ。陽菜さんのパン屋さんなんかは、電飾外すのが大変そうだけどね」

　陽菜のパン屋は、外壁にトナカイとスノーマンのビッグモチーフを電飾で彩り、光の色もカラフルなので、商店街のちょっとしたイルミネーションスポットになっていた。蕾も通りすがる度に、つい足を止めて見入ってしまったものである。

「子供受けもして目立つし、キラキラ綺麗でしたけど、回収は大仕事でしょうね……。陽菜さんのところも、無事にクリスマス営業を終えられていたらいいですね。一番大変そうな、お兄ちゃんのとこは大丈夫かな」

　蕾は緩慢な動作で体を捻《ひね》り、座ったまま背後の入り口に視線をやる。この時期は営業時間も延長しているため、外はすっかり真っ暗だ。店内からでは、今も雪が降っているのかは確認できなかった。

店の閉店作業はすでに終え、蕾の勤務自体は終了している。

それなのに蕾が店内に残っている理由は、単に帰宅する体力がないからではなく、兄のお迎えを待っているからだ。

蕾のひとつ上の兄である木尾幹也《みきや》は、普段のガソリンスタンドでのバイトに加え、今月いっぱいだけ、商店街のケーキ屋で短期のバイトを入れ、ダブルワークをしている。仕事内容はつくる方ではなく売る方だ。

蕾もそうだが、現在大学は冬休み中。その間に幹也には、どうしても金を稼ぎたい事情があった。来年の春頃には、幹也が命を捧げているご当地アイドル『ハナハナ☆プリンセス』のメンバー、マリリンちゃんのソロライブが予定されており、そのための軍資金がいるそうなのだ。彼はマリリンと関わりがあるサボテンを頭に生やしているほど、マリリンラブである。

そんな幹也は、帰りの時間も大体同じということで、『ゆめゆめ』まで蕾を迎えに来てくれていた。夜道を女の子ひとりで歩かせるのは危ないから……との配慮で、珍しく紳士的な兄に蕾は驚いたものだ。

でも幹也が来てくれなければ、心配性な咲人か葉介に送られていただろうし、幹也のおかげで迷惑をかけずに済んだ。

「独り身クリスマスでも、俺はなんにも寂しくないね！　道行く恋人たちにケーキを売りつけることこそが、尊い俺の使命だ！」と、泣きながらトナカイのコスプレをして労働に勤《いそ》しんでいるだろう兄に、今日はいつもより優しくしてあげようと蕾は誓う。

「そんなお疲れの蕾ちゃんに、とっておきのご褒美があるんだ」

「ご褒美ですか？」

「うん。暫《しば》しお待ちください、お客様」

そう冗談めかして、咲人は店奥になにかを取りに行った。

蕾はおとなしく待機し、店内にバケツと並んで置かれているツリーを、なんとはなしに眺める。

『ゆめゆめ』のツリーは百五十センチサイズで、造花ではない本物のモミの木だ。てっぺんでは黄金の星が輝き、赤いリボンのついた銀のベルやフェルトの靴下、赤いメタリックなボールなどで豪奢に彩られている。その中には耕司から受け渡された、ディップアートで作られたオーナメントも混じっていた。

ツリーを設置したのは葉介だが、飾りつけをしたのは蕾と咲人だ。ああだこうだと試行錯誤してツリーを飾りたて、最後に星を頂点に冠してふたりで「完成！」とはしゃいでいた。若干恥ずかしい思い出である。葉介の「ガキか、お前らは」というコメントが胸にきた。

そんな経緯で生まれた『ゆめゆめツリー』は、もう見飽きるくらい見たはずなのに、今日で見納めかと思うとやけに眩《まばゆ》く見える。

「はい、どうぞ、蕾ちゃん」

蕾がツリーに気を取られている間に、戻ってきた咲人がカウンターにあるものを並べていた。蕾はパチパチと瞬きをする。

「あの、これは……？」

目の前に置かれたのは、まっ白なお皿に乗ったケーキと、赤い水面が波打つティーカップ。

「カップの中身はこの前、樹里さんが来店した際にご好評頂いたローズヒップティー。そっちのケーキはミノルさんからの差し入れだよ」

「ミノルさんの？」

ミノルこと御棘《みとげ》ミノルは、夢路家と付き合いの長い、元不良のチャラいお兄さんである。彼の背には香織との思い出の花であるヒマワリが生えている。過去に葉介香織夫婦に散々迷惑をかけた前科により、葉介には厄介者扱いされているミノルが、急にケーキなんてどうしたのだろうと、蕾は首を傾げた。

「昨日のクリスマスイブの日、蕾ちゃんが帰ったあとに、フラッとミノルさんが現れてね。いきなり箱を渡されて、〝聖夜も真面目にお仕事中の『ゆめゆめ』のみなさんに、ミノルサンタからクリスマスプレゼントだよー〟って」

間延びした口調でおどけるミノルと、それに眉をつり上げる葉介の顔が、蕾には目に浮かぶようだった。箱の中には、切り分けられたケーキが三つ入っていたそうだ。

ケーキ自体は極々普通のショートケーキだ。三角に切られたスポンジの断面に、イチゴとクリームの層が見える。お洒落なのは上にピンクの生クリームでつくられた、小さなバラが乗っているところか。咲人はこのバラに合わせて、飲み物のチョイスをローズヒップティーにしたらしい。さらにバラの横には、羽の生えた天使型の薄いチョコが刺さっていた。

チョコは市販のものだろうが、クリームのバラが少々歪《いびつ》なところが手作りっぽさを感じさせる。誰かのお手製クリスマスケーキのようだ。

「ミノルさんのお兄さんの、ユタカさんは覚えている？」

「はい。以前に家まで、奥様の出産祝いのフラワーギフトをお届けした……あの、ふくらはぎのあたりに、フジバカマが咲いている……」

「そっか、蕾ちゃんは体に咲いているお花と関連させて覚えていることもあるんだね。そのユタカさんの奥さんがつくったケーキなんだよ、それ」

ユタカの家族のクリスマスパーティーにミノルがお呼ばれし、余ったケーキを頂いたので、じゃあ『ゆめゆめ』メンバーにお裾分け……という流れらしい。兄弟仲が一時こじれていた御棘兄弟だが、今は良好な関係を保っているようだ。

蕾はありがたく、お皿に添えられていたフォークをひと刺しし、ケーキを口に入れた。ふわふわのスポンジと、イチゴの甘酸っぱさとクリームの濃厚さが、舌の上で絡み合いながら溶けていく。

「おいしいです……！」

「それはよかった」

ローズヒップティーをそのあとに飲むと、酸味が甘さを中和してバランスがいい。組み合わせは抜群だった。

幸せそうにデザートタイムを満喫する蕾を、カウンターに手をつき、咲人は微笑ましげに見守っている。ケーキに夢中の蕾はそんな咲人の視線には気づかず、口の中を満たす甘味を堪能することに全力を注いでいる。

サクッと、蕾は思いきってクリームのバラにフォークを入れた。

「ミノルさん曰く、そのケーキの名前は『クリスマスローズケーキ』らしいよ。奥さん命名」

「『クリスマスローズ』というと、別の花が浮かびますね」

クリスマスローズとは、冬にピンクや白、紫の花をたくさん咲かせる多年草で、寒さに強いため、『冬の女王』とも呼ばれている。そしてここが重要なのだが、ローズとあっても決してバラ科ではない。本来は『ヘレボルス・ニゲル』という名だが、クリスマスの頃にバラに似た花を咲かせるので、ヨーロッパでその愛称がつき、それが日本でも定着したのだ。

「クリスマスに関連した花って、他にもけっこうあるよね。トゲトゲの葉に赤い実が特徴的なセイヨウヒイラギは、リースや飾りつけの定番だし。ピンクの筒型の花をたくさんつけるクリスマスパレードとかも、その名のとおり、賑やかな聖夜のお祭りって感じだよね」

「ストロベリーキャンドルなんかもどうですか？　茎先に赤く尖った穂みたいな花をつけて、それがイチゴやロウソクの炎のように見えるから、こんな名前なんですよね。クリスマスに使う、赤い蠟燭《ろうそく》代わりになりそうな花です」

「ああ、たしかに。あれもクリスマスらしいね。でもやっぱり、有名どころはポインセチアかな。ここ最近の主役だったたし」

咲人の目線は、店内にどんっといくつか鎮座している、赤々と燃える炎のような花の鉢植えたちに向いている。蕾は口に入れたケーキを味わって咀嚼《そしゃく》してから、「別名『クリスマスフラワー』ですもんね」と同意を示す。

ポインセチアは、メキシコなどの中南米が原産地の低木だ。赤く大きな花弁に見えるのは、実はツボミを包んでいた葉であり『苞《ほう》』と呼ばれるもので、特に花弁は持たない。本体の花は、苞の中心にある黄色い粒だ。

またポインセチアは、『クリスマスカラー』をすべて備えた花でもある。一般的にクリスマスによく使用される色は、赤・緑・白の三色。赤は『キリストの血の色と神の愛』、緑は『永遠の命』、白は『純潔』を表しているのだが、ポインセチアは葉が赤と緑、樹液が白なので、まさにクリスマスにふさわしい植物なのだ。

「ポインセチアの花言葉も『祝福』『聖なる願い』ですし、本当にこのシーズンに売り出すべき花ですよね……」

花屋としては、鉢を星柄にしてみたり、ソリに乗ったサンタのピックをおまけにつけてみたり、苞に植物用のラメを振ってみたりして、あの手この手で押したいところだ。

もちろん『ゆめゆめ』でもここ数日ずっと、開店中は店頭に並べて、クリスマス仕様で大々的に売っていた。

「いっぱい売れてくれてホッとしたよ。時期が過ぎたら、どうしても売れ残り分は下げないといけないし、あとは値引きして、おつとめ品として売るしかないからね」

「今は主役でも、クリスマスが終わっちゃうと見向きもされなくなるのが、わかっていても悲しいですよね……」

冷えてきたローズヒップティーの水面に、蕾はついしょんぼりとした一言を落としてしまった。季節ものの宿命とはいえ、祭りが終わったあとのことを考えると、ここ最近賑やかなポインセチアに囲まれていた分、余計に寂しく感じてしまう。忙しさの反動で、ついしんみりした気持ちになったのもあるかもしれない。

「……そういえば、あれだけお客さんが来てくれたんだし、さっき言っていたクリスマスフラワーのどれかを、体に咲かせた人はいなかったの？　クリスマス関係に思い出のある人って、わりといそうじゃない？」

「あ、お腹にポインセチアを咲かせている人ならいましたよ！　買っていかれたのもポインセチアでした！」

「じゃあその人は、ポインセチアになにか想い入れがあるんだね。そういうのを想像するのも面白いよね」

　蕾も暇があればよくやることだ。体に花を咲かせた人を見ると、それに纏《まつ》わる物語をつい空想してしまう。

「俺もポインセチアには、ちょっとしたエピソードがあるんだよ。父さんと母さんと過ごした、俺がまだ小学生の頃のクリスマスの話なんだけど」

「咲人さんの小学生の頃の！」

　絶対に聡明なお子様だったに違いないと、蕾は一気に興味を引かれた。「聞きたい？」と尋ねられ、一も二もなくうなずく。

　咲人は小さく微笑んで、耳に心地のよい声で語ってくれた。

※

　それはまだ香織が健在で、咲人が小学校三年生のときの話である。

　クリスマスの一週間ほど前。深夜十二時をまわった夢路家のリビングでは、香織と葉介がダイニングテーブルで顔を突き合わせて、秘密の家族会議をしていた。

　議題はズバリ、『ひとり息子への今年のクリスマスプレゼントをどうするか』である。

「咲人の奴、なにか欲しいものは言っていたか？　ゲームとかスポーツ用品とか、流行のおもちゃとか……」

「最新版の植物図鑑が欲しいって言っていたわ」

「……あいつは誰に似たんだ」

「私とあなたね」

魔王の奥さんにしてておくにはもったいないと、口を揃えて囁かれる近所で評判の美人である香織は、柔らかな目元を緩めてにこやかに笑った。華のある彼女の笑みは、人懐っこく愛嬌がある。肩にかけたブランケットの上を滑る、ウェーブのかかったハニーブラウンの長い髪は、灯りを抑えた室内で、その尊顔と合わせてキラキラと輝いていた。

「俺より明らかにお前似だろう、咲人は。俺の友人たちもどいつもこいつも、『葉介じゃなくて香織さんに似てよかった』って抜かしやがるぞ」

「それは外見の話でしょう？　なんだかんだ、中身は葉介さんに似ているところもあるわ。しっかり者のとことか」

「俺は性格も年々、お前に似てきていると思うけどな……」

葉介は逞しい腕をテーブルの上で組み、眉間に皺を寄せて仏頂面を晒している。もとから怖い顔が二割増しで怖いことになっていた。

天然かつ、どこか飄々《ひょうひょう》として摑みどころのない香織と、息子の咲人は最近言動が似通ってきている。加えて、母子揃って時に父をからかうような態度を取ってくるので、葉介の頭は痛かった。

一方で香織は、「でもほら、お花好きなとこは、私たちふたりに似たんでしょ」と楽しそうにしている。

「花バカに育ってしまった咲人へ、俺とお前から渡すプレゼントはもう植物図鑑でいいとして……どうするんだ？　『サンタ』からのプレゼントは？」

夢路家では毎年、咲人に直接渡す『父母からのクリスマスプレゼント』とは別に、咲人が寝ている間にこっそり枕元に置く『サンタさんからのクリスマスプレゼント』なるものが存在している。

植物図鑑とは別に、もうひとつくらい欲しいものはないのかと、葉介は目線で香織に問う。

「それがね……咲人に『サンタさんにおねだりするものを、絵で描いてみましょう』って試しに促してみたら……」

香織は一度席を立って、背後の棚の引き出しを開けた。中から取り出した一枚の画用紙を、座り直して葉介に見せる。

「なんだこれ……赤い化け物か？」

「いやだわ、どう見てもポインセチアじゃない」

「どう見ても化け物だろう……人間が、赤い化け物に食われかけている絵だ」

「その人はあなたらしいわよ、葉介さん」

「は？」

なんでも、店の方で葉介がお客さんにポインセチアを売っているシーンを咲人が見ていて、あとで旧版の図鑑で調べ、「クリスマスのお花なら、このポインセチアがクリスマスプレゼントに欲しいな」という思考に至ったらしい。

だが咲人の絵は、花がどーんと赤いクレヨンで大きく描かれ、その手前に小さく黒い棒人間がいるという構図だ。この棒人間が葉介らしいが、どう頑張って見ても、大きく口を開けたまっ赤な化け物に人間が襲われている絵である。

小学生の画力とはいえ、葉介が小学校の授業参観に行ったとき、壁に飾られているのを見た他の子供たちの絵は、少なくともなにを描いているのかはわかった。たとえ下手でも、それは子供らしい下手さで、微笑ましくなる絵ばかりだった。

だが咲人の絵は、下手に加えて狂気さえ感じる。

「さすがに棒人間が葉介さんだとはわからなかったけど、ポインセチアは見た瞬間に理解できたわ。すごく緻密《ちみつ》に描かれているもの。さすが私の息子、絵の才能もあるのよ！」

「やっぱり咲人はお前似だ……」

香織の絵も壊滅的なので、要らぬところが遺伝してしまったのだろう。

花屋『ゆめゆめ』を開店した当時、葉介はＰＯＰ制作はすべて香織に任せるつもりだった。こういうのは女性である香織の方がきっと得意だろう、と。

しかしながら「見て、あなた。あなたがプロポーズのときにくれた、ピンクのチューリップを描いてみたの！」と香織が披露してくれた絵が、こちらもどの角度から見てもただのピンク色の化け物であったため、それからＰＯＰ制作はすべて葉介の仕事になった。

もともとの器用さに加え、生真面目な葉介は絵の練習も日々重ね、今ではその腕前はプロ級だ。『ゆめゆめ』のＰＯＰはイラストが入ったものが多く、文字なども見やすくデザイン性があり、お客様受けも非常にいい。すべて葉介の努力の賜物《たまもの》である。

「しかもポインセチアが欲しいとか、花屋の息子らしいのか、子供らしくないのか……案外、育てかたの難しい花だぞ。クリスマスの花として寒い季節に出回るが、実は暑いところ生まれで寒さに弱い植物だ。下手をすればすぐに枯れるし、冬越えのためには温度管理が重要だ」

「ついでに水のやりすぎにも注意だし、葉に傷がつくとこれまた枯れるという繊細さね。でもそれは咲人もわかっていると思うわよ？　難しいことに挑戦する気概を、母として応援したいわ」

「店のポインセチアをアレンジして、『サンタから』ってことにするか……」

なんだかんだで、今年のプレゼントは決定した。香織は冷えてきたため暖房をリモコンでピッとつけて、「じゃあそろそろ、またサンタ服も用意しなきゃね」と嬉々として口にする。葉介は苦虫を噛み潰したような顔をした。

「毎年思うんだが、夜中に寝ている咲人にプレゼントを届けるのに、俺がサンタの格好をする意味はあるのか？　必要ないだろう」

「あるわ！　私が葉介さんのサンタルックを楽しみたいもの！」

「『ゆめゆめ』のピンクエプロンといい、またお前の勝手な趣味だろう……！」

「私もトナカイの格好をすればおあいこかしら」

「そういう問題じゃない！」

……なお実は、この息子には秘密裏に行われた『夢路家クリスマス会議』は、水を飲むために起きてリビングまで来ていた咲人に、すべて筒抜けだった。ずっとドアの前でこっそり聞いていたのだ。

蕾の想像どおり、当時から大人に気を使える聡明なお子様だった咲人は、すでにサンタの正体は知っていたが、「父さんと母さんのために今年も知らないフリをしてあげよう」と小さな胸の奥で決めて、その年のクリスマスを過ごしたのであった。

※

「プレゼントはこの会議で可決されたとおり、父さんと母さんからは植物図鑑、『サンタさん』からはポインセチアをもらったよ。ちなみに、ポインセチアを長持ちさせるには、特に乾燥に注意だね。室内に置くときでも暖房の温風には当てないで、霧吹きで葉をまんべんなく濡らしておくのがいいよ」

「常に潤いをキープ、ということですね」

「その点に気をつけて、うまく育てられたから俺は満足だったよ。父さんは抵抗も虚しく、母さんにサンタの衣装を無理やり着せられて大変そうだったけどね」

「店長……」

今と変わらず苦労性な葉介に、蕾は涙を禁じ得ない。今年の夏、香織のお墓参りに行く車の中で、香織の人となりを蕾も聞いたことがあったが、彼女はお茶目というか、わりと自由人なおかたであったようだ。

しかし、振り回され気味な葉介に同情しつつも、夢路家のほのぼのしたクリスマス風景を想像して、蕾の心はほんわり温まった気がした。咲人も昔から変わらず、安定の花バカっぷりだ。

……おそらく咲人は、しんみりモードになっていた蕾のために、わざわざこの話題を引っ張り出してくれたのだろう。明るい話で、気分を変えさせようと。

彼らしい優しくさりげない気遣いに、蕾の胸が緩く脈打つ。

話を聞き終えたあとは、蕾は残りのケーキを食べ、ローズヒップティーも飲み干した。

「ごちそうさまでした」と手を合わせたところで、やっと配達が終了した葉介が帰ってくる。

「お疲れ様です、店長」

「ああ」

配達中も律儀にサンタ帽を被ったままだった葉介の頭には、まだ帽子が乗っかっている。咲人の話を思い出した蕾の目は自然と優しくなる。

葉介はギロリと咲人を睨んだ。

「おい、またなにか余計なことを蕾に喋ったな？　俺を見る蕾の眼差しが、やけに生暖かいのはお前のせいだろう」

「なんのことか、俺にはさっぱり」

葉介の泣く子もさらに泣きだす睨みにも、咲人は晴れやかな顔で返す。いつもの夢路親子のかけあいである。

「それに……まだ帰っていなかったんだな、蕾。ケーキ屋の前を通ったら、もう店じまいをしていたから、兄貴の迎えが来たものだと思っていたぞ」

「それならたぶんそろそろだと……」

葉介情報に基づくなら、幹也は仕事を終えて今頃こちらに向かっているくらいだろう。

壁にかけられた、針が鍵の形をしている褪せた文字盤の時計に目をやると、二十一時を回るところで、もうだいぶ遅い時間だった。

「ケーキも食べ終えたし、蕾ちゃんは帰る準備をしておいでよ。あ、食器は置いといていいよ」

咲人にそうすすめられ、蕾はおずおずと礼を言ってエプロンを外し、店奥に荷物を取りに行った。甘い物を摂取したおかげか、体はちょっと元気を取り戻している。

コートを着てマフラーを巻き、バッグを持って戻ってきたら、ちょうど兄が「よう」と店内に顔を出していた。

「お兄ちゃん、お疲れ様。お迎えありがとう」

「おーう、マジ疲れたぜ……カップル多っ！　ケーキの説明むずっ！　トナカイの着ぐるみわりとさむっ！　クリスマスなんてなにが喜ばしいのか、俺には一ミクロンも理解できないな！」

セルフカラーした金髪をニット帽から覗かせ、ダウンジャケットのポケットに手を突っ込んだまま、幹也はぶつぶつと文句をこぼす。肩には薄《うっす》らと雪が乗っていて、鼻はそれこそトナカイのように赤い。

頭の上に生えているサボテンも、今は帽子の上から彼のささくれ立つ気持ちを表すように、いつもよりトゲトゲしている様子だ。

「ケーキの販売は大変だと思いますよ、お疲れ様です」

「クリスマスのケーキ屋なんて、うちより修羅場だろうからな」

咲人と薬介に話しかけられた幹也は、ビクッと過剰に反応して素早く蕾の後ろに隠れる。それぞれに怨みと恐れを抱いている彼は「くそう、フレンドリーに接しやがって。俺はお前らなんて怖くないぞ……！」と、威嚇しつつも震えている。その姿はまるで可愛くないチワワのようだ。

「お迎えにもう何度も来ているんだから、いい加減に慣れてお兄ちゃん……」

「うるさい、ここは俺にとって悪魔の根城なんだ！」

「クリスマスに悪魔って……ほら、もういいから早く帰ろうよ。帰って家でもクリスマスパーティーしなきゃ」

　普段の木尾家の夕食タイムはとっくに過ぎているが、今日は家族全員が帰宅してからパーティーを始めることになっている。早く帰るに越したことはない。

「おう！　ケーキは昨日、俺が確保しておいたからな。チキンにオードブルが楽しみだぜ。雪が酷くなる前に撤退だ。先に出ているぞー」

　天敵のいる空間に長居したくないのか、幹也はさっさと店の外の寒い世界に消えていった。蕾も葉介たちに頭を下げ、それにすぐ続こうとするが、「あ、ちょっと待って」と咲人にやんわりと手首を摑んで引き留められる。

　驚いて振り向けば、咲人の綺麗な顔がいつもより近い距離にいた。

「これは俺から」

　いつの間にかどこからともなく取り出した〝なにか〟を、咲人は蕾の手に握らせると、そう一言囁いてあっさりと離れていった。

　渡されたのは、赤い長靴型の小さな巾着。雪の結晶が銀糸で刺繡《ししゅう》されており、中身をチラッと覗けば、クッキーや飴玉のお菓子の詰め合わせだった。このシーズンにどこに

でもよく売っている、クリスマス仕様のプチギフトだ。その巾着が目に留まって可愛かったから、

「たいしたことない、ささやかなものだけど。蕾ちゃんに渡したいなと思って、サンタ帽の買い出しのときについ一緒に購入しちゃったんだ」

「私に……」

「ハッピーメリークリスマス、蕾ちゃん」と微笑む咲人に、蕾は困惑と喜びとで、半分パニックになった。こんなクリスマスプレゼントをもらえるなんて、本当に予想外だ。それでもなんとか「あ、ありがとうございます……！」とだけ返して、逃げるように外に出る。

外は淡雪が降っていて、白い羽がふわふわと舞っているようだった。

しかし、咲人に摑まれた手首も嬉びで高揚した顔も熱くて、雪が降る寒空の下でも、蕾はまったく冷えを感じない。むしろ暑いくらいだ。

「ん？　なんか顔赤いぞ、お前。また夏みたいに風邪引いたんじゃねぇか？　それになんだ、手に持っているそれ」

「だ、大丈夫！　大丈夫だから気にしないで！」

待っていてくれた兄の背を押して、蕾は白いカーペットの敷かれた雪道を歩く。コー

トのポケットに隠した巾着の膨らみが、妙に気恥ずかしかった。

道中にて……街灯に照らされながら、服屋のショーウィンドウに映り込む自分の姿を見れば、蕾のツボミは微かにだが開き始めていた。

初詣とツバキ

花屋『ゆめゆめ』の年末年始は、大みそかの三十一日までたっぷりお仕事をして、休みを挟んで一月五日から営業開始だ。怒濤の十二月を乗り越えて、その勢いで元日を迎えた蕾は本日、朝一から家族と近くの山中にある神社に初詣に来ていた。

前日の昼から降っていた雪は、ところどころにその名残《なご》りを見せているが、空気は澄んで今日の空は快晴だ。

父と母、隣の県から遊びに来ていたパワフルな祖母と、言動が武士のような祖父。完璧な防寒を施した兄の幹也も入れて、蕾たちは大所帯とも言える人数で車二台に分乗してここまでやって来た。

蕾たちは父が運転する車に乗り込み、祖父母は祖父の運転する自家用車で木尾家に来ていたので、そのまま自分たちの車を使った。

隣接した駐車場に車を停めて降りる。駐車場はほぼ満車に近い。

「晴れているのはいいとしても、やっぱ外はさっむいな……山とか気温一気に下がるよな。早く帰ってこたつに籠《こも》りたい。あそこが俺の住みかだ。むしろユートピアだ」

「お兄ちゃん、まだ神社に着いたとこなんだから……」

サクサクとブーツで雪を踏みながら、兄と共に蕾は石段を慎重に上る。気をつけないと滑って転んでしまいそうだ。もしこんなところで醜態を晒したら、新年早々赤っ恥である。

「おお、賑わってんなあ」

「人がすごいね……さすが元日の神社」

辺りはとにかくガヤガヤと騒がしい。「寒いー」「受験のお守り買わなきゃ」「絵馬になに書こうかな」など、四方八方から声がする。子供からお年寄りまで、たくさんの参拝客が鳥居に吸い込まれていく。

「こんだけ多いとますます帰りたくなるな……」

幹也がマフラーから顔を半分だけ覗かせて、ふわあと気だるげにあくびをこぼした。まだ寝ていたところを、強制的に引っ張り出された彼は、正月ボケで締まりのない顔だ。頭のサボテンも、同様に眠そうに蕾には見える。

「しゃっきりと歩きなさい、幹也」

「私たち、先に行っちゃうわよ」

祖父は幹也を窘《たしな》めると、背筋をピンと張ったままぐんぐんと石段を上がっていき、それに続いた祖母の姿もあっという間に見えなくなってしまった。彼らの肩に咲いていた紫のリンドウも、一緒に人混みに消える。

年配とは思えないそのエネルギーに、兄妹は揃って呆気《あっけ》に取られる。

「さっすが、じいちゃんは元気だな……」

「おばあちゃんもね」

つい足を止めて感心していると、「幹也、蕾、のんびりしていたらおいて行くわよ」「おばあちゃんたちを見習わないとな」と母と父にも尻を叩かれた。前を行く親組に続いて、蕾と幹也も一の鳥居をくぐる。

表参道にはチョコバナナや焼きそば、たこ焼きやリンゴ飴などの屋台が豊富に並び、食欲をそそるいい匂いが鼻に届く。朝からなにも食べずに来たため、蕾のお腹は鳴りかけたが、参拝が先だ。それに、家に帰れば豪華なおせちも待っている。

木尾家のお正月は毎年、初詣を終えたら帰宅し、届いていた年賀状をチェック。年始の特番をこたつにもぐって見ながら、おせちやお雑煮を食べる。そのあとはたいてい祖父のかけ声で、書き初め大会が開催されるのだが、蕾は書く文字をなににしようか毎年迷う。次いで今度は祖母のかけ声で、新春カルタ大会に移るのだ。

書き初めやカルタなどは、祖父母がいるからこそ行われているが、この時代にしては伝統的なお正月を過ごしている方だろう。案外どちらも、やってみれば本気になるものだ。

「えっと、ここでまず身を清めるんだよね……？」

人混みにのまれないよう頑張って、なんとか辿り着いた手水舎《ちょうずや》で手や口を洗う。木板の看板に書かれていた作法を、蕾は手順どおり行った。

それから参拝客の長い列につく。いくつか列ができていて、家族は見事にバラけてしまったが、あとで合流すれば問題ないだろう。

ゆっくり進む列の後方で順番を待ちながら、蕾がひとりで「はあ」と白い息を吐いていると、前の着物姿の女性の背中が目に入った。帯上あたりに、ふわっと白い小花が束になって咲いている。

最初は帯飾りかと思ったが違う。これはカスミソウだ。

この花といえばもしや……と蕾は首をかたむけて、相手の横顔をさりげなく窺う。

「……カスミ？」

「ん？　蕾じゃん！　あけおめ、久しぶりね」

振り返ったのは見知った顔だった。カスミソウ違いでなくてよかったと蕾は胸を撫でおろす。蕾特有の咲いているお花で人物を識別する方法は、ごくたまにだが役に立つ。

根津《ねづ》カスミは、蕾の高校時代からの友達だ。現在は美容関係の専門学校に通っている、流行に敏感でお洒落な女子である。『ゆめゆめ』にも『祖母の思い出の花』を探しに来店したことがあり、背中のカスミソウは彼女の名に由来している。

そんなカスミの和服姿は、普段着のコートとブーツ着用の蕾と違って艶やかだ。ピンクブラウンに染めた髪は結い上げられ、金色のバチ型の簪《かんざし》が挿してある。カジュアルな木綿の着物は黒地に白の縞が小粋で、千鳥格子模様の紫のショールも上品だ。全体的に大人っぽい雰囲気だが、レトロモダンなデザインの赤いウメ柄の帯が、そこに少女らしい可愛らしさをプラスしている。

蕾が「着物姿、綺麗だね」と褒めれば、カスミは「でしょ？　とくにこの帯がお気に入り」と、ネイルの施された爪でウメ柄をなぞった。

開花期にはまだ少し早いが、この神社にもウメの木が植えられている。

ウメは早春を代表する花木で、葉に先だって咲く花は二〜三センチの大きさで愛らしく、とてもよい香りがする。花言葉は『不屈の精神』『高潔』。現代の花見といえばサクラが主流だが、奈良時代の花鑑賞といえばウメだった。日本最古の歌集である万葉集でも、繊細かつ風雅なウメを詠んだ歌は多い。

「あれ……でも、連れがいないね。カスミはひとり？」

「そういうあんたは？」

「私は家族と来たんだ。今は別の列に並んでいるよ」

「私の方は専門学校の友達と来たんだけど、はぐれたから先に参拝済ませちゃおうと思って。……本当は彼氏と来るつもりだったんだけどね」

カスミのつけ睫毛に縁取られた瞳に、ほの暗い影が落ちる。

「まさかその、また？」

「ええ……次はとんだ浮気野郎よ。六股かけられていたのよ、私」

「ろ、六股……！」

モテるし恋愛経験豊富なカスミだが、彼女はダメンズ引き寄せ体質であり、それはいまだに健在のようだ。極度のマザコン彼氏、自分大好きナルシスト彼氏、ストーカー気質の彼氏ときて、またもや大きなハズレを引いてしまったらしい。

「クリスマスの日に浮気が発覚してね……他の彼女さんたちと一緒に、全員でソイツに制裁を加えてから、まさかの彼女組でクリスマスパーティーよ。即行で意気投合したわ」

うわあ……と蕾は慰めの言葉も出ない。彼女が神前で願うことは「今年こそまともな彼氏ができますように」にするそうだが、どうか叶うといいなと思う。

「蕾も今年こそはいいお相手を見つけなさいよ。大学の人でも、バイト先にいたあのキラキライケメンでもいいわ。ダメンズじゃなきゃね！」

「さ、咲人さんはそんなんじゃ……」

クリスマスでの出来事を思い出して、わかりやすく狼狽《ろうばい》する蕾に、カスミの目は狙いを定めた獣のようにギラリと光る。

「なに？　なにかあったのね？　洗いざらい吐きなさい」

「なんにもない！　なんにもないよ！　あ、ほら、列が進んだよカスミ！」

並んでいる間にそんな女子トークで盛り上がっていたら、いつの間にか先にカスミの番が来ていた。彼女はちりめんのハンドバッグから財布を取り出し、太っ腹に千円札を賽銭《さいせん》箱に入れて真剣に参拝を済ませると、蕾に手を振って去っていった。

そんな彼女に手を振り返し、やっと神殿の前に立った蕾は、一礼してお賽銭を入れてから鈴を鳴らした。鈴の音は、お詣りに来たことを神さまにお知らせするという意味があるらしい。次いで二拝二拍手一拝が基本だ。

悩んだ末に無難に健康と平穏をお願いして、無事に参拝を終えたところで、スマホを開いてメッセージアプリで一応家族に連絡を入れておく。

「『私はお詣り終わったよー』……っと。返信来るまでどうしようかな」

暫し足を止め、結局蕾はおみくじでも引こうかと授与所の方に歩みを進めた。

ちなみにここのおみくじは、スタンダードなタイプで筒からみくじ棒を出すもの一種類だけのようだが、世の中には多種多様なおみくじが存在している。折り畳まれたおみくじの中に縁起物を象ったチャームが入ったものや、置物の中におみくじが隠されているものなどもある。蕾としては、花をモチーフにした『花みくじ』というのが、テレビで見てちょっとだけ気になった。

「わー……こっちもいっぱいだなあ」

授与所に着いたが、ここもなかなかの人だかりが生まれている。忙しそうな巫女さんたちの姿が人の波から垣間見えた。

その横の絵馬やお守りを販売しているところはまだ空いていたため、蕾が先にそちらを覗こうとすれば、またそこで見知った人物と遭遇する。

「ハヅキちゃん、あけましておめでとう」

「あ、蕾さん！　あけおめ、ことよろです！」

真剣にお守りを吟味していた少女の名は浅葉《あさば》ハヅキ。商店街に近い私立高校に通う高校二年生の女の子で、鼻が低くて目が大きい愛嬌のある顔立ちをしている。水泳部に所属しており、夏場は日に焼けた手足を惜しげもなく晒しているハヅキだが、今はその肌は黒のモッズコートとからし色のワイドパンツの下に隠されている。制服姿しか見たことなく蕾には、ハヅキの私服は新鮮だ。

そして彼女の頭の右側頭部には、季節外れのまっ赤なハイビスカスが生えており、これは片想い中の手芸店店主、耕司に纏わる花である。

「部活仲間と初詣に行こうってなって、みんなでお詣り終わらせたとこまではいいんだけどさ。お守りを選ぶのに時間かけすぎておいていかれちゃって……。周りの人にも迷惑だってわかっているんだけど、いくつも欲しいのがあって決められないの！　どれにしようーって悩み中！」

「なんのお守りが欲しいの？」

健康祈願、金運上昇、無病息災、家内安全……などなどの多様な種類の、形も色合いも豊富なお守りが並ぶが、今年受験生になる彼女がお求めなのはやはり、学業成就などの勉学に絡むお守りだろうか。それとも部活に精を出しているハヅキのことだ。必勝祈願などの勝負運を上げるものも、捨てがたいところなのかもしれない。

「勉強のと、部活のと、あとはその……」

もじもじするハヅキの目線の先を蕾は辿《たど》る。そこにあったのは、紐のついた平たい袋型のスタンダードなタイプのお守りで、ピンクの布に赤い糸で『恋愛成就』と文字が縫われている。

「蕾さんは知っているから言っちゃうと……縁結び」

ボソッとハヅキは、ギリギリ聞こえる程度の小声で呟く。蕾は「ああ、なるほど」と納得した。耕司への片想いを実らせるために、恋愛系のお守りも有力候補のようだ。

「前よりもいっぱいコウ先生のところに遊びに行って、いっぱいアピールしているのにまったく気づいてくれないし……神頼みもしたくなるよ。ふたりで作業できるような案もわざわざ出して、ディップアートの制作も一緒に頑張ったのに……」

コウ先生とは耕司のことだ。ハヅキは耕司が講師をしている、公民館の手芸教室の生徒でもあるので、そんな呼びかたをしている。

思いがけないところで恋愛相談になってきたので、蕾とハヅキは一旦授与所から離れて、ひと気のないオガタマノキの下に移動した。

高さ二十メートルはある立派なオガタマノキは、精霊の宿る木として神社の境内に植えられていることが多い樹木だ。真っ直ぐに立つ幹に、樹皮は灰褐色《はいかっしょく》。光沢のある深緑の葉は楕円形で、二月頃から白い花を咲かせる。『オガタマ』は『招霊《おぎたま》』が訛《なま》ったもので、枝葉が神事に利用されていたことが由来とされており、花言葉の『畏敬の念』もそこからきている。

天に向かって雄大に伸びる枝の影を身に落としながら、蕾とハヅキは話を再開する。

「それでさ……もういっそ思い切って私、コウ先生に告白しようと思っているの」

「え⁉」

「来月のバレンタインに合わせてさ。遠回しが効果なしなら、もう直球しかないじゃん？　茉緒《まお》ちゃんにも『ああいうラブコメ主人公並みに鈍感な人は、真正面からいかないと意識さえしてくれないよ』って言われたし」

「茉緒ちゃんもわかっている感じだね……ラブコメ主人公か……。あと、彼女も元気そうでよかった」

「うん、暗かったことが嘘みたいに、クラスにも馴染んで毎日明るいよ！」

茉緒はハヅキと同級生の友人で、かつ耕司の亡き初恋の人の妹である。茉緒もハヅキの恋を応援しているみたいだ。

「どうせコウ先生は私のこと、よくて妹くらいにしか思ってないし、たぶんフラれるだろうけど……先生にはストレートに伝えなきゃ、茉緒ちゃんの言うとおり意識さえしてもらえないもん。端から長期戦は覚悟の上だし、まずは一発ぶちかましてくる！」

ハヅキの意志は固いようだ。頭のハイビスカスは彼女の闘志を表すように、寒い中でも赤々と色づいている。

「お、応援することしかできないけど、頑張って、ハヅキちゃん！」

「ありがとう、蕾さん！　バレンタインにはね、チョコを贈るだけじゃなくてハイビスカスをモチーフにしたものも添えたくてさ。季節外れ……とかはスルーな方向で。せっかくだしディップアートでなにかつくれないか模索中なの」

「ハイビスカスのものなの……？」

たしかにハイビスカスはハヅキと耕司のエピソードに絡む花だが、どちらかというと『ハイビスカスの思い出』はハヅキの胸に秘めたものだ。耕司に〝花〟といえば、彼はまだ亡き初恋の人との想いを残したキンモクセイを体に咲かせている。

咲いている云々は蕾にしかわからぬことだが、ハヅキにとっても耕司＝キンモクセイというイメージは拭えないだろう。

それでも彼女は、蕾の問いに「うん」と頷いた。

「あのね、コウ先生にとって思い出のお花は、今はキンモクセイかもしれないけどさ。私の思い出の花であるハイビスカスが、今度はコウ先生の思い出の花にもなってほしいの。だから、告白と一緒にハイビスカスのものを贈りたいんだよ」

「ハヅキちゃん……」

思考が乙女すぎかなと、ハヅキは頬に手を当てて恥じらう。そんなハヅキを蕾はとても可愛いらしいなと感じた。

照れ隠しなのかワタワタしながら、ハヅキは捲《まく》し立てるように喋る。

「そ、それにさ、下手な手作り品だとコウ先生には適わないし、市販のものは嫌だし、チョコだけじゃもの足りないし！　〝私の告白〟にピッタリなものって考えたら、消去法でハイビスカスモチーフに絞られただけ！　そうそう、ディップアート制作は好評のため期間延長で、まだまだ注文受付中だから！　蕾さんも欲しいものがあったら言ってね。私がタダで作るよー、どうせお花モチーフでしょ？」

「え、えっと、じゃあまたもしかしたら、お願いするかも……？」

「任せて！」

ドンと、ハヅキはモッズコートの上から胸を叩いた。そして彼女はお守り選びに再びトライするため、授与所に向かって駆けていく。

「結果は蕾さんには必ず報告するね！」と言い残して人混みに消えた彼女を見送って、オガタマノキの下にひとり残された蕾は、告白かあ……となんだか感慨深い気持ちで佇んでいた。

彼女の前途を祈りつつも、「自分はどうなんだろう」と、曖昧な疑問と焦りを抱いてしまうのはなぜだろう。

蕾がここ最近よく悩まされる、悶々とした想いに苛《さいな》まれていると、コートのポケットに入っているスマホが震えた。幹也からだった。

『今どこにいる？』とメッセージアプリで聞かれ、『オガタマノキが一本立っているとこ』と答えを打つ。すると間髪を容れず、『そっち行くわ』と返ってきた。

蕾はおとなしくその場で待機するが、ふと思う。

「あれ……？　お兄ちゃん、オガタマノキなんて知っているのかな……？」

植物なんて、サボテンくらいしか興味を持たない兄だ。木の判別なんてつくのだろうか。蕾は慌てて周囲を見渡し、特徴のある建物や目印になる看板など、場所がわかりそうな情報を追加で打とうとする。

だが授与所からは微妙に離れているし、ここで一番目立つものがオガタマノキなのだ。

「まあいっか。わからなかったら、また連絡してくるよね」

諦めて蕾はスマホをしまった。とりあえず兄の姿を見落とさないように、騒がしさから少し距離をおいた木の下で、じっと人の群れを眺める。

その中には、花を咲かせている人をチラホラ見つけた。

手を繋いで歩く夫婦のそれぞれの腕に、寄り添うように咲くお揃いの紫のチューリップ。

こちらは年若いカップルで、派手な身形《みなり》の彼氏に地味めな女性のちぐはぐの組み合わせだが、どちらの首元にも垣間見えたゴデチア。

急ぎ足で歩くブラウンのチェスターコートの女性の胸には、コサージュをつけたような白いダリア。

顔まではハッキリと確認できなかったし、〝花違い〟の可能性もあるが、地元の神社のためかなんだか見覚えのある人と花も多かった。

しかしながらどれも、春や夏、もしくは秋の花々だ。他にもデイジー、アネモネ、ナデシコ、アマリリス、ツキミソウなどなど……いろいろな種類の花が視界を過ったが、冬の花はない。そもそも冬は花が少ない季節なので、当然のことなのかもしれないが、蕾は段々ムキになって〝冬の花を咲かせた人〟を捜そうとする。

「イキシアは……春。カラスウリは夏。ネリネは秋。見つからないなあ……あっ！」

そしてようやくひとり見つけた。

「ツバキ！」

一見したところ、七十代くらいの足腰が悪そうなおばあさんの左肩に、赤いツバキが乗っかるように生えていた。おばあさんは白髪混じりの髪をお団子にし、深緑色の七宝文様の小紋を着ていている。ご年配とはいえかなり色合いの落ち着いた出で立ちのため、蕾の目にはツバキの派手な赤がアクセントになって映る。

昔から日本の花木として人気の高いツバキは、最盛期がちょうど今頃の一～二月で、冬に趣を感じさせる花である。肉厚の花弁と黄色の〝しべ〟が美しく、色は赤が主流だがピンクや白もある。

花名の由来は、葉が丈夫なことから『強葉木《つばき》』が転じたという説があり、また花言葉の『控えめの優しさ』は、椿の花に香りがないことから、慎ましやかな美をイメージしてそんな言葉ができたとされている。

ただ、ツバキは花が散るとき、ポトリと丸ごと地面へ落ちるので、その様が『首が落ちるようで不吉』などとも言われている。そのためお見舞いには向かず、落馬を連想させるので馬の名前にも避けられている。その一方で、冬の寒さにも負けず葉が生い茂る姿が神聖視されており、この神社にはないようだが、邪気を払う木として神社やお寺でも度々見かける花でもある。

ツバキの花には、さまざまな謂《いわ》れが存在するのだ。

「ん……？」

そんなツバキを咲かせたおばあさんは、なにやら下を向いてうろうろしている。落とし物でもしたのだろうか。人とぶつかりそうになりながらも、なにかを必死に探している様子だ。

困っているようなので、蕾が声をかけようか迷っていると、人混みの中からひょっこりとトゲトゲのサボテンが現れた。

「おーい、蕾！　やっと見つけた！」

「お兄ちゃん！」

冷気のせいか走ってきたせいか、頬に薄ら赤みを帯びた幹也が、蕾のもとへとやってくる。「オガタマノキってこれかー。適当に歩いていたらようやく見つけたわ」と木を見あげながら呟いているので、やはり迷っていたようだ。

「母さんたちはもう参拝済ませて、おみくじまで引いたらしいぞ。今は屋台の甘酒を飲みに行っているし、俺らも早くおみくじ引いてそっち行こうぜ」

「ちょ、ちょっと待って。あそこの……」

「あ、その前にこれのこと忘れてた」

幹也はジーンズのポケットに手を突っ込むと、ごそごそと漁《あさ》ってなにかを取り出した。

それは一本挿しの黒い簪で、先にはちょんと絹で作られた赤いツバキの花がついている。そのツバキを彩るように、金の組紐が蝶々結びで添えられており、垂れ下がる房は幹也の手からこぼれて空中で揺れている。

おめでたい感じのする、大人の女性が好みそうな上品な簪だ。

「これさ、お前を捜してあちこち歩いていたら、手水舎のとこで拾ったんだ。こういう落とし物って、どこに届ければいいんだろうな？」

幹也は簪を左右に振る。

蕾は今はもう人混みに紛れてしまった、ツバキのおばあさんを思い浮かべた。あの着物姿に、この簪はよく似合いそうだ。

「もしかして、あのおばあさんの……？」

体に咲かせていた花と同じ、ツバキを模したものだ。

可能性はなきにしもあらずである。

蕾は「ちょっと貸して」と兄の手から簪を奪うと、暫しそのふっくらとした絹製のツバキの花を眺め、そして決意した。

「これ、落とし主にちょっと心あたりあるかも」

「お、マジか。知り合いのか？　今日は初詣日和だからな。俺もここに来る途中で大学の友人達と遭遇したわ」

「知り合いではないけど……うん。お兄ちゃんはここで待っていて。少し行ってくる！」

簪を手に、蕾はおばあさんの捜索を始める。蕾たちの祖母のようにしゃきしゃき歩けるわけではなさそうだったし、そう遠くには行っていないだろう。行き違う人々は多いが、肩に咲く目立つツバキを目印になんとか捜す。

「いた！」

石灯籠のそばで、まだあちこちを見て回っている例のおばあさんの姿を発見し、蕾は人を掻き分けて走り寄った。もし間違っていたら、この簪は神社側に落とし物として届けよう……そう考えながら、「すみません」と声をかける。

「はい……？　私かしら？」

「は、はい。あの、なにかお探しのご様子ですが、ちょうどこれを拾いまして……もしかしたらと」

「ああ、私の簪だわ！」

蕾が簪を見せると、おばあさんは口許に手をやって破顔した。しわくちゃの顔に安堵の笑みが広がり、蕾も胸を撫でおろす。

間違っていなくてよかった。

「ありがとう、ありがとう。さっきからずっと探していたのよ。どこでこれを？」

「兄が手水舎のところで拾いまして……」

「ああ、屈んだときに髪から落ちてしまったのね。ポトリと落ちてしまうなんて……それこそツバキの花の散りかたみたいね」

困った顔で笑いながら、おばあさんは蕾から簪を受け取った。それをゆっくりとした動作で頭のお団子に挿す。今度は落ちないようにしっかりと。

すると全体に華が生まれて、蕾はしっくりくるなあと、肩のツバキと簪のツバキを見比べた。

「孫からもらった大切なものだったの。本当にありがとう」

「いえ、拾ったのは兄ですし……！　お孫さんからのプレゼントだったんですね」

「ええ。私の孫はね、まだ小学生なんだけど、賢くて優しくて、女の子にも人気があって、それはもうできた子なのよ。この前も読書感想文コンクールで賞を取ったの。すごいでしょう？」

おばあさんの孫自慢に、蕾は微笑ましい気持ちで相槌を打つ。そんな自慢のお孫さんからもらった大切なものだったなら、本当に失くさなくてよかった。誰かに踏まれて簪が壊れていなかったことも幸いだ。折れたり花が取れたりしていたら、きっとおばあさんは悲しんでいたことだろう。

使いどころが微妙な自分の能力も、新年の一日目に活きたようでなによりである。

「人も多いですし、また落とさないように気をつけてくださいね。それでは……」

お孫さんの話も一段落したところで、用が済んだので蕾は去ろうとするが、おばあさんがやんわりと、そんな蕾の手を両手で取った。冷えてカサついていたが、自然と安らぐ優しい手だ。

「親切なお嬢さん。あなたの新しい年が、よいものになりますように」

そう言ってにっこりと微笑み、おばあさんは手を離して深々と頭を下げた。なんだか気恥ずかしさを感じながらも、蕾も頭を下げ返して今度こそその場を後にする。

最後に一度だけ振り返ると、おばあさんの肩に乗る赤いツバキが、まだこちらに感謝の意を伝え続けているようだった。

ツバキ全体の花言葉とは別に、赤いツバキの花言葉は『謙虚な美徳』。

やっぱりあのおばあさんに赤いツバキはピッタリだなと思いながら、蕾は幹也のもとへと戻った。

「簪、無事に届けられたのか？」

「うん。あては正解だったよ」

「そっか。いやあ、新年早々いいことすると、なんか気分がいいな。まあ俺は拾っただけだけど」

そうへらっと笑う兄に、お兄ちゃんもたまには役に立つんだなあと、妹はわりと失礼なことを考えていた。

　それから幹也と蕾は、やっと空いてきた授与所でおみくじを引いた。

　初穂料を納め、みくじ棒が入った六角柱の筒箱を振り、出てきた棒に書かれている番号を確認する。筒の横に設置された棚の、番号と一致する引き出しを開けて、おみくじの紙を取り出した。

「あー……俺は末吉。くそう、あんまりいいこと書いてないな」

　さっそくおみくじの紙を開いた幹也が、眉を寄せて顔をしかめる。おみくじの吉凶は上から大吉・吉・中吉・小吉・末吉・凶という順なので、末吉は書かれている内容も結構厳しめのようだ。「『欲を捨て去れば道は拓かれん』……そんなん俺には無理だー！」などと情けないことを喚《わめ》いている。

「蕾はどうだったんだ？」

「私は……あ」

　蕾の目に飛び込んできたのは、堂々たる『大吉』の二文字。

「私は大吉だったよ」

「いいなあ、順風満帆じゃん。向かうとこ敵なしじゃん」

「さすがにそこまでの強運は期待できないけど……」

「いやいや舐《な》めないほうがいいぞ？　俺だって大吉引いた年はすごかったぜー。マリリンのライブチケットの最前列取れたし、テストもヤマが全部当たったからな。家族の中で、今年一番いいのはお前だな」

横から覗いてきた幹也の話によると、親組の引いたおみくじの中には大吉はなかったらしい。ただ実は木尾家は、毎年必ずひとりだけ大吉を引くという、不思議な巡り合わせがある。昨年は祖母が、一昨年は幹也が、さらにその前は父が……という流れができており、今年は蕾の番だったようだ。

それかもしや、先程のツバキのおばあさんのお祈りのおかげだろうか。

なんにせよ嬉しい気持ちで、蕾はおみくじに目を通す。幹也は早々に結び所におみくじを結びに行ってしまったので、じっくりと文字を追っていく。

「『願望・期待してよし』、『学業・万事問題なし』、『旅行・行くがよし』……なんか、なにしても大丈夫そう」

大吉なだけあって、どれもいいことばかり書いてある。幹也の台詞を借りるならばまさに順風満帆、という感じだ。

最後に蕾は神様からのアドバイスを読み上げる。

「『己を見つめ直し、自ら行動せよ。さすれば花開く』……か」

花開く、とは。

まさに自分の胸に生えているツボミのことを示唆しているようで、蕾は少し驚いた。

神様はなんでもお見通しのようで、胸元を押さえて妙に落ち着かない気分になる。

「よし、おみくじは結び終えたぞ。蕾はどうする？　結んでくるか？」

「大吉だし……私は持って帰るよ」

そのあとは難なく家族と合流し、蕾も甘酒を楽しんで木尾家の面々は神社を後にした。

だけど車の窓から鳥居が見えなくなっても、蕾は財布に畳んでしまったおみくじの言葉が、ずっと頭から離れなかった。

バレンタインとラナンキュラス

「よし、今年のバレンタインに向けての営業戦略だが、『フラワーバレンタイン』を推していこうと思う」

「フラワーバレンタイン、ですか？」

葉介の放った耳慣れない言葉に、蕾は首を傾げた。

閉店時間間際の花屋『ゆめゆめ』にて。お客さんの去った店内では、メンバー三人がカウンター前に集まって、『二月に向けての営業戦略会議』をしていた。

『一月往《い》ぬる、二月逃げる、三月去る』という表現があるように、正月から三月までは行事が多く、あっという間に過ぎてしまう。いつの間にか一月のラストの週に入っていて、蕾も驚いたものだ。お正月を過ごし、冬休みが終わって大学が始まったかと思えば、二月からは春休みだ。

まさか、もうバレンタインの時期だなんて。

「当然だが、バレンタインがどんな行事かは知っているな、蕾？」

「それはもちろん……」

二月十四日はセントバレンタインデー。それこそ小学生でも知っている、世界公式の愛の日である。

その歴史は古代ローマ時代までさかのぼり、当時は兵士たちの結婚は志気が下がるという理由で禁止されていた。そんな中、キリスト教司祭・聖バレンタインは兵士たちを憐み、密かに結婚式を取り持っていた。しかしそれがローマ皇帝の怒りに触れ、聖バレンタインは処刑されてしまう。その処刑日が二月十四日であったとされている。

のちにローマでは、聖バレンタインが愛し合う者たちの守護聖人となり、そこから発展してバレンタインデーは各国で広まっていった。

お菓子会社の思惑もあり、日本では友チョコやら義理チョコなどの文化はあれど、メインはまだまだ『女性から男性へチョコレートを贈り愛を伝える日』である。

「そこにお花を混ぜるとなると……チョコと一緒に、女性が男性に花も贈るということでしょうか？」

「それもすてきだけどね。どちらかというとフラワーバレンタインは、男性から女性に花を贈るんだ」

蕾の横に立つ咲人が、今日も眩しい煌《きら》びやかなオーラを纏わせて説明してくれる。

「もともと欧米や近隣のアジア諸国では、バレンタインデーといえば男性から女性に花を贈るのがポピュラーなんだよ。女性は花を受け取ったら嬉しいでしょ？　それに倣《なら》って日本でも、二月十四日に男性から花をプレゼントしようって、お花屋さん業界が始めたキャンペーンが『フラワーバレンタイン』」

「なるほど、逆なんですね。贈る花はなんでもいいんですか？」

「これといって決まった花はないかな。自由に好きな花を贈る形で、結構世間でも広まっているんだよ？　二月は花屋に並ぶ花の種類も多いし、打ってつけだよね」

二月といえば世間はまだまだ冬だが、花屋さんの店先はいち早い春を迎えている。実はこの時期、花屋さんには春の花がもっとも出荷されるのだ。

雪が完全に溶けて気温が高くなる三〜四月頃には、すでに初夏から夏の花に移り変わっていくので、花の醍醐味ともいえる豊富な春の花を楽しむためには、二月はおすすめの季節なのである。

「イベントが少ない二月に、春の花を活躍させてあげるってのも画期的ですね！」

「せっかくいろんな花を選び放題なんだから、出番は用意してあげたいよね。そう考えると、べつに男性からとか女性からとか、どっちから贈るとかはこだわらなくても、みんなで花を贈りあっちゃおうって感じにするのがいいかもね」

「そうだな。『男性から女性に花を贈ろう』という点を推すのは当然として、女性の方にも『チョコプラス花はどうですか』とすすめるのもありだ。元来のフラワーバレンタインを推奨しつつも、隙あらば男女関係なくアピールしていくか……方向性は決まったな」

　カウンターにルーズリーフを広げ、葉介は大きな体を屈ませてボールペンでメモを取っていく。クリスマスにお正月と続いて、バレンタインも大事なイベントだ。客商売において乗っからない手はない。

　バレンタインかあ……と蕾はチラッと咲人の横顔を窺う。モテる咲人のことだ。それこそ漫画みたいに、大量のチョコをもらうのではないだろうか。

　とりあえず彼のファンの奥様がたはこぞって渡すだろうし、樹里は「咲人くんは大学では観賞用イケメン」と言っていたが、それでもアタックして来る子だっているかもしれない。咲人は人あたりもいいので、友チョコの類いも各方面から来そうである。

　蕾も、お世話になっている葉介と咲人には、それぞれにチョコは用意するつもりだったが……なんだか負けたくないと、気づけば拳を握っていた。

「蕾ちゃん、とってもやる気満々だね」

「え、は、はい！」

「いいぞ、気合いを入れろ。バレンタインでも花屋の存在をアピールするんだ。明日から用意に取りかかるからな」

なにやら勘違いされてしまったが、こうして花屋『ゆめゆめ』では、世間のような浮かれた恋愛モードよりハードなお仕事モードで、『バレンタイン売上向上大作戦』が幕を開けたのだった。

※

「へー！　バレンタインに男の子からお花をあげるの？　つまり、好きな男の子からお花をもらえちゃうチャンスってこと？　わあ、すてき！」

ぴょいんっと毛糸のボンボンで結ったツインテールを跳ねさせて、カウンター前の椅子に座る幼い少女は、どんぐりのような瞳を輝かせた。地につかない足はパタパタ振られ、クリーム色のプリンセスコートの裾も合わせて靡《なび》く。

少女こと常連さんの娘である三森千種《みもりちぐさ》は、今日は母親の万李華《まりか》と一緒に来店していた。千種は咲人が淹れてくれたお子様向けの甘いミルクティーのカップを手に、蕾とお喋りに興じている。万李華は万李華で、店内で鉢物のラインナップを見ながら、咲人と葉介からフラワーバレンタインについての説明を受けていた。

暦は変わって二月。バレンタインまであと約二週間。

『ゆめゆめ』の店内には、ハート形に切り抜いたピンクや赤の画用紙が至るところに散りばめられ、中には男の子と女の子が仲良く手を繋いでいるPOPなども見受けられる。表のコルクボードにはフラワーバレンタインのチラシも貼られ、まだ冬の冷たさを残す風に晒されていた。

POPもチラシも、例のごとく葉介のお手製だ。クリスマスのエピソードでもあったように、これればかりは咲人に任せられない。蕾もこういったセンスはあまりないので、ちまちまとハサミでハートを切り抜く作業の手伝いだけをした。

「同じ図書委員の香月《かづき》くんに本命チョコをあげるつもりだけど、逆にお花をもらえたら嬉しいなあ。でも香月くん、恋愛とか興味なさそうなクール系メガネ男子だしなー。でもそこが女の子に人気なんだよね！　この前も難しい本の感想文で賞を取ったとかで、きゃーきゃー騒がれていたし」

「あ、お相手はまだ香月くんなんだね」

「まだってなにー？　私はずっと香月くん一筋だよ！」

おませな千種はこんなことを言っているが、ちょっと前までは柳星《りゅうせい》くんという別の男の子に懸想《けそう》していたのだ。柳星くんの誕生花であるコスモスを『ゆめゆめ』で買って告白したがフラれ、香月くんとやらにあっさり乗り換えたことは、蕾の記憶に新しい。幼い女の子の移り気な恋心と、千種の逞《たくま》しさには呆《あき》れるやら感心するやらである。

「参考までになんだけど……千種ちゃんなら、その香月くんにもらえるならどんな花が欲しい？」

「えーそうだなあ」

お客さんへの調査も兼ねて蕾が尋ねると、千種は椅子から飛び降りてもこもこのブーツで店内を闊歩する。そしてある一角の前で立ち止まった。

現在は普段とレイアウトを少々変更し、入り口のすぐ横に『フラワーバレンタインコーナー』を設けている。三段のウッド調の棚を置き、そこにバレンタイン向きだろうと咲人と葉介が選んだ切り花のバケツが、おすすめポイントなども添えた説明カードと共に並んでいた。

ラインナップとしては、例えば、赤いハート型のお皿のようなアンスリウムは、見た目もさることながら花言葉が『恋にもだえる心』で、いかにもバレンタインにピッタリだ。ハワイではとくに親しまれている花で、実際にそちらではバレンタインデーの贈り物としても使われている。

ころんと丸い黄色の花芯が愛らしく、『マザーハーブ』（母の薬草）の名でも知られるカモミールは、生理痛や胃腸の不調によいとされ、リラックス効果もあり女性に人気が高い花として選ばれた。

他にはバラやカーネーションなどの単純に贈り物の定番の花なども、コーナーには揃えられている。

「うーん、やっぱりまっ赤なバラとか憧れる！　百本の赤いバラで告白とか、女の子の夢だよね。チューリップも春が来たって感じですてき！　あ、前にお店にあったチョコレートコスモスなんかも、ここにはないけどいいと思うの。なんといっても名前も香りもチョコだもん。バレンタインにピッタリ！」

さすがは常連さんの娘。きゃっきゃっと次々に花をあげていく千種の意見は、子供だからとあなどれない。

「でもでも、ピンクのスイートピーもひらひらしていて可愛いー」

「こっちもチューリップとはまた別に、春らしいお花だね」

スイートピーは春を感じさせる、パステルカラーの明るく柔らかな印象の花だ。ほんのりと甘い香りに癒されるので、ヨーロッパではよく寝室に飾られる。可憐な花弁はアレンジメントにも使われやすく、プレゼント用やウェディングブーケなどに人気が高い。

「知っているよ、スイートピーの花言葉は『お別れ』なんでしょ？　このフリルみたいな花弁が飛んで行く蝶々に見えるから」

「花言葉に由来も知っているなんて、すごいね千種ちゃん」

正確には花言葉は『門出』『別離』だが、そちらは小学生には些か難しい単語だろう。単純に『お別れ』だったらちょっとバレンタインには向かないが、スイートピーの花言葉は前向きな意味での新たな出発を意味する。他にも『永遠の喜び』『優しい思い出』という花言葉もあるので、フラワーバレンタインのラインナップに加えさせてもらった。

「だって前にお家の庭に咲いていたもん。ね、お母さん」

「あら、懐かしいわ、スイートピー。寄せ植えすると華やかになるのよね」

千種が声をかければ、近くで咲人たちと話し込んでいた万李華がフラワーバレンタインコーナーにやってきた。

千種の母、三森万李華は、蕾がここでバイトを始める前からの常連客であり、家は『花の館』と近所で称されるほど、季節ごとにたくさんの花で溢れている。彼女自身もたおやかな花のような、おっとりした淑女らしいお母さんだ。

「今度、またスイートピーを育てようかしら。マメ科の植物だから、蔓を巻きつける支柱やネットもいるわね」

「私も一緒に育てる！」

「春咲きにしたいなら秋に種まきね。そのときは一緒にしましょう」

仲良し親子は和気あいあいと、庭の花の話題で盛り上がっている。万李華のお腹から伸びる赤いカーネーションは、千種が母の日に贈った花であり、親子の絆の固さを表しているようだ。蕾がカーネーションを眺めながら「千種ちゃんのお家は本当に花いっぱいだね」とほのぼのとした気分でコメントすると、千種は自慢気に胸を張った。

「だってお花屋敷だもん！　ここに並んでいるお花はね、お家の庭で見たことあるのばっかりだよ！　んん？　でもこれは知らない……ラナ、ラナキュ……ラナンキュウ？　名前言いにくい！　難しいよ！」

「ラナンキュラスか」

「たしかに噛みやすいよね、ラナンキュラス」

葉介と咲人も横から話に交ざる。以前までは葉介が近づくと、「魔王の襲撃だ！」とピュッと蕾の後ろに隠れていた千種も、今は逃げ出さず至って普通に接している。それどころか「咲人さんに魔王さん、スラスラ言えてすごーい！」と、千種は咲人にだけでなく、葉介にも恐れず尊敬の目を向けているではないか。

表情には出さないがじーんと喜んでいるだろう葉介に、蕾はこれが歩みよりか……と和んだ。いまだ魔王という呼びかたは健在だが、大きな進歩である。

「有名なお花だけど、うちのお庭には植えたことなかったわねぇ。手にとってみてもいいかしら」

「どうぞ」

咲人が棚の一番上のバケツから一本、淡いピンク色のラナンキュラスを抜いて万李華に手渡す。万李華はしゃがんで千種にも花がよく見えるようにした。

ラナンキュラスは薄い紙を幾重にも重ね合わせたような、ボリュームたっぷりのエレガントな花を咲かせる。花弁の数は品種にもよるが、二百枚を超すものもあるそうだ。

色も形も種類が豊富で、切り花としてだけでなく苗ものとしても、この時期にはどこにでも出回る。なお苗を選ぶときは、ラナンキュラスはツボミのときと開花したときの花の色が大きく変わるものが多いので、咲き始めの色を確認してから選ぶのが無難である。

花開いたときの見た目が優雅で、フォルムも丸くころころと可愛らしく、非常に女性心を擽《くすぐ》る花だ。

「花弁ふわっふわ！　お姫様のドレスみたい！　可愛い、ラナキュー！」

正しく発音するのは諦めたものの、千種も乙女らしくラナンキュラスを気に入ったようだ。ツインテールが忙《せわ》しなく跳び跳ねている。

「決めた！　香月くんにお花をもらうのは難しそうだから、チョコと一緒にラナキューもプレゼントする！　女の子から男の子に、バレンタインにお花をあげてもいいよね？」

「もちろん、お花はどんな贈り物にも合うからね。バレンタインの日に、ラナンキュラスを使った花束の予約を入れておけばいいかな？」

「うん！　お小遣いで買いに来る！」

千種の明るい返事を受けて、蕾はズボンのポケットから取り出したメモに記載しておく。『ゆめゆめ』メンバーの中で千種と一番仲が良いのは、なんだかんだ蕾なので、これは自分の仕事になりそうだ、と思いながら。

娘のアグレッシブさに、万李華は「あらあら」と片手を頰に添えてにこやかな笑みを浮かべている。

「でも千種、好きな男の子にチョコレートとお花もいいけど、お父さんにもあげてね？あの人、毎年千種にもらえるかどうか、そわそわしているから」

「わかっているよー、でもべつに、お父さんにはチョコだけでいいでしょ？」

「そこは明確な格差があるんだね……」

三森家の父は店には来たことはないが、娘の千種を溺愛しているようだ。だが年頃の娘には、意中の相手の方が大事なようである。

思わず出た蕾のコメントに万李華はまた笑って、お花屋敷親子は千種が予約をし、万李華が切り花を何本か購入して去っていった。

立て続けに入ってきた初見の男性客も、コーナーを目に留め、フラワーバレンタインに興味を持ってくれたので、商売上手な葉介がスッと解説に回っている。そんなお客さんと葉介の様子を眺めながら、蕾と咲人は並んで「フラワーバレンタイン、成功するといいですね」「だね」と、のほほんと会話している。

「そういえば千種ちゃんに尋ねていたけど、蕾ちゃんはどんなお花をバレンタインにもらえたら嬉しいの？」

「え、わ、私ですか？」

咲人の意表を突いた質問に、蕾は動揺しつつも真剣に考え込む。花を提供する方の視点でずっと考えていたので、自分がもらう側だなんてなんだかピンとこなかったが、フラワーバレンタインコーナーの花たちを見ていると、あれもこれもいいなあ……と想像が膨らむ。

「バラは……いざもらうとなると、私には豪華すぎて似合わないし、少し気恥ずかしいかもです。話題に出ていたスイートピーは、春らしくていいですよね。とくに淡いピンクのスイートピーは私も好きです。ピンクといえば咲人さんに以前頂いた、ピンクのガーベラのフラワークロックもとってもすてきでした！」

「ありがとう。俺も蕾ちゃんからもらった白いガーベラのマグカップアレンジは、大事に部屋に飾ってあるよ」

昨年の夏休み。とあるイベントの際に、蕾と咲人はお互いに、プリザーブドフラワーでつくった品を贈り合ったことがある。プリザーブドフラワーとは特殊加工の施された花のことで、生花の輝きを長期間保存できるので、夏につくったものでも、現在もそのときの鮮やかさを留めている。

「店長に渡したものもそうなんですが、夢路家のおふたりに私の拙いアレンジ小物を贈ったことを、いまだに申し訳なくも感じるんですよね……」

「そんなことないよ？　俺は嬉しかったよ」

とってもね、と綺麗な顔で微笑む咲人に、蕾は堪《たま》らず顔を俯かせる。クリスマスのときの衝撃も蘇り、いたたまれず早口で話題を戻す。

「あ、あとですね！　千種ちゃんが気に入っていたラナンキュラスもいいと思います！　ピンクだと女の子らしいし、ホワイトを使って清楚に束ねても上品です。小花との相性もよさそうですし、アレンジのしがいがありそうで！」

「いつの間にかお花屋さん視点になっているよ、蕾ちゃん」

「ああ、つい！」

「でもそっか……ピンクのスイートピーに、ガーベラ、ラナンキュラスだね」

ふむふむと、咲人はなにやら顎に手を当てて思案気な表情だ。蕾はどうしたのかと小首を傾げる。

「咲人さん？」

「ん、了解。フラワーバレンタインが楽しみだね、蕾ちゃん」

「え、はい！」

すぐにいつもの爽やか王子モードに戻った咲人の言葉に、蕾は反射的に頷きを返したのだった。

※

「完成！」

二月十三日。バレンタイン前日の、夜の木尾家のキッチンにて。

蕾は青のギンガムチェックのエプロンをつけて、仕上がったチョコカップケーキの群れを満足そうに見渡した。

　耐熱のカラフルな丸い紙カップに入ったチョコケーキは、久しぶりにつくったが焼き上がりも綺麗で、試しにひとつかじって味見してみたところ、チョコが濃厚でしっとりしていて申し分ない出来だった。これなら冷めてもおいしいだろう。

「お菓子作りなんて高校生以来だったけど、成功してよかった」

「お、カップケーキ完成したのか。どれどれ……」

「ちょっとお兄ちゃん！　明日のバレンタイン用なんだからつまみ食いしないで！」

　甘い匂いに誘われてか、後ろからいきなり現れたパーカー姿の幹也が、十個ほど並ぶカップケーキのひとつに手を伸ばすが、蕾は慌ててガードする。サボテン頭を睨んで威《い》嚇《かく》すれば、幹也は不満そうに口を尖らせた。

「なんだよ、ひとつくらい今食ってもいいだろー。減るもんじゃないし」

「物理的に減るでしょ！」

「こんだけあったらひとつ減っても変わらねぇって！　まさかお前、それ全部あの魔性王子に渡すつもりじゃ……」

「さ、咲人さんに渡すのもあるけど、お兄ちゃんにも明日ちゃんとあげるから！」

　カップケーキはこのあと個々でラッピングし、それぞれ『ゆめゆめ』のふたり用、友達との友チョコ交換用、家族用と分けるつもりだ。幹也用もあるのだから、明日まで待てとダメなわんこを相手するように言い聞かす。

「ふーん、魔性王子にも渡すんだ、ふーん」

「なにその半開きの目……お世話になっているんだから、べつに渡したって……」

蕾は使いかけのチョコや使わなかったカップの片付けを始めながら、兄の胡乱《うろん》な目を躱《かわ》す。

そうだ。べつにバレンタインに家族以外の異性に贈るからといって、なにも特別な意味があるわけではない。葉介にだって渡すのだし、咲人に渡したからってなにがどうなるわけでもないだろう。

「まあいいけどなー。あーあ、クリスマスにバレンタインとか、カップルのためのイベントなんて早く滅びればいいのにな」

「不穏なことを言い残していかないで！」

身内以外からチョコをもらうあてなどない幹也は、最後にサラッと呪詛《じゅそ》を吐いて、冷蔵庫からペットボトルのお茶を出すと、キッチンから出ていった。

蕾はやっと厄介者がいなくなったところで、背後の食器棚の引き出しを開ける。

上はガラス張りの観音開きでお皿やコップなどが積まれており、その下には引き出しがふたつ横に並んでいる。ひとつはスプーンやフォーク等のカトラリーがきちんと納められているが、蕾が開けたもうひとつの引き出しの方は、古い木ベラや割り箸の山、使用頻度の低い海苔の型抜きなどが雑多に放り込まれていて、こちらはあまり整理されていない。

その中を「たしかあったはず……」と蕾はごそごそと漁って、ひとつの透明な小袋を取り出した。

中身はケーキ用のピックだ。昔、ケーキをつくる際に購入して余ったものを捨てずに取っておいたことを思い出したのだ。高校生のほんの一時期だが、蕾も女の子らしくお菓子作りがブームだったことがある。

「せっかくだし、カップケーキに挿したら可愛いよね……けっこう種類あるなあ」

小さなピックは星やハート、羽などポップなデザインでいろいろと形があり、蕾は渡す人をイメージして選び、順番にケーキの表面にサクッと挿していった。

しかし、最後のひとつになってふと手が止まる。

「ハートのピックは咲人さん……でいいよね？　ほ、他にイメージに合うのがないし、バレンタインだし、べつに赤いハートでも……」

もごもごと、誰ともなしに言い訳をする。つくったカップケーキはすべて同じものなので、これでちょっとは特別感が出るだろうか……いやいや特別感ってなに⁉　と、脳内ツッコミまで繰り広げてしまう。

悩んだが、もういいや挿しちゃおうと手を動かしたところで、「そういやさー」と再び幹也が現れる。

「きゃあ⁉　こ、今度はなんなのお兄ちゃん⁉」

「いやお前こそ。悲鳴あげてなんだよ……こっちがビビったわ」

驚いたせいで、変な角度でハートのピックが挿さってしまった。

あとで直そうと思いつつ、蕾は幹也の方を振り向く。

「いやな、来月の予定だからまだ先なんだけど、春休みに入ってあったかくなったら、大学のサークルメンバーでサイクリングに行こうかって話が出ていてさー。お前の自転車貸してくんね？」

「私の自転車……？」

「おう。俺のはもう捨てちまったけど、お前のはまだ家の裏にあっただろ」

蕾は「ああ、あれか」とすぐに思いあたる。高校生までは通学用に蕾が乗っていた自転車は、長らく放置されているが、メンテナンスをすれば十分乗れるだろう。ちょっとしたサイクリングに使うくらいなら、幹也に貸しても問題はないはずだ。

なおそれは、蕾のかつての愛車であると同時に、黒歴史……高三の頃にチェーンが突如外れて、花屋『ゆめゆめ』に突っ込む原因になった因縁の自転車でもあるのだが。

そこはひとまずおいといて、蕾は軽く「いいよ」と了承する。

「ずっと放ってあったから、調子を見てヤバそうだったら自転車屋さんに持っていってね」

「おー。とりあえず表に出しておくわ」

今度こそ用事は済んだのか、退出した幹也の気配が完全に消えてから、蕾はいそいそとハートのピックを挿し直した。若干ではあるが豪華になった気がするカップケーキを見比べて、ようやくふうと息をつく。

「ハヅキちゃんはどうなるかな……」

ふと蕾の脳内に、バレンタインに告白すると意気込んでいた、元日の神社で会ったハヅキの姿が過る。

有言実行するのであれば、彼女は耕司に想いを打ち明けるつもりなのだろう。結果を気にかける気持ちとは別に、その行動を純粋に尊敬し、蕾は「すごいなあ」と感嘆をもらす。千種もそうだが、告白する勇気を持てることがそもそもすごい。

同じように好きな人がいたとしても、自分は千種やハヅキのように相手にちゃんと言えるだろうか。

そんなことを考えていた蕾だが、我に返ってまだ作業が残っていたことを思い出す。

「ラ、ラッピング！　ラッピングしなきゃ！」

なにかを誤魔化すように手を叩いて、それから蕾はあせあせと、今度はラッピングの準備に移った。


バレンタイン当日は日曜日で、花屋『ゆめゆめ』店内は予想よりも賑わいを見せていた。

朝から、事前にバレンタインギフトを予約していた人が受け取りに来たり、予約分を葉介が慌ただしく届けに出かけたり、当日にギフトを買い求める人もチラホラいたり。

通常のお客さんもイベントの気配に惹かれてか心なしか多く、母の日や十二月の忙しさには及ばないものの、目標の売り上げには達しただろう。

『フラワーバレンタイン』を推奨したこともあり、男性のお客さんも普段より多く来店していた。サービスでお花を買ってくれた人には漏れなく、市販の個包装のチョコもオマケにつけていたのだが、やはり『バレンタインにチョコをもらえる』という行為自体が嬉しいのか、男性客は女性客よりも露骨に喜んでいた。

「やっぱりオマケのチョコを渡すときは、俺より蕾ちゃんが適任だね。とくに男性のお客さんは」

　と、咲人は冗談めかして笑っていた。そんな彼はというと案の定、常連でもありファンでもある奥様がたにもみくちゃにされていた。

「咲人くん、おばさんのつくったフォンダンショコラなんだけど、もらってくれるかしら」

「ありがとうございます、頂きます」

「これ、トリュフの詰め合わせよ。よかったら咲人くんに……。旦那にあげるより張り切っちゃったわ」

「それは……恐縮ですが嬉しいです」

「フローラル王子に花型の巨大チョコ！　どうぞ咲人くん！」

「すごいですね！　食べるのがもったいないくらいです」

　いつもより服装や化粧に気合の入った奥様がたを相手に、王子様スマイルを絶やさず、ひとりひとりへの紳士的な対応はさすがであった。

　千種はというと、オープンと同時くらいに予約していたラナンキュラスの花束を取りに来ていて、受け取るとそのまま香月くんのお家に向かっていった。相変わらずの高い行動力である。

予想どおり蕾がつくることになったラナンキュラスの花束は、コーラルピンクのラナンキュラスを中心に、グリーンや白い小花を添えて、英字入りの茶色の包装紙でシンプルに巻いた。『晴れやかな魅力』『光輝《こうき》を放つ』という花言葉のとおり、ピンクのラナンキュラス自体がキュートかつ豪華なので、花材は控え目にしたのだ。

「乙女チックな気分になれる、ピンクのラナキュー！」と千種は称し、大層喜んでくれた。

そしてサービスの個包装のチョコがなくなり、フラワーバレンタインコーナーの花もいい感じに捌《は》けた頃、店はいつの間にか閉店時刻へとなっていた。

「ありがとうございました、またお越しください！　……たぶん今の小さな彼が、今日の最後のお客さんかな」

薄暗くなってきた空の下、遠ざかっていった幼い背中を見送って、蕾はポツリと呟いた。

人波が引いた時間に店に駆け込んできた小学生の男の子は、ノンフレームの理知的な眼鏡を息で曇らせて「こ、告白のお返事というのは、男性も花で返せばよいのでしょうか⁉」と、クールそうな見た目に反して大層動揺していた。

そんな彼の首裏には、ラナキューもといピンクのラナンキュラスがあった。蕾は人知れず、「これは千種ちゃんにも一足早い春かもしれない」とにやけてしまった。今度会ったときにはおめでとうを言わなくてはいけないかなと、気分よく蕾は店内に戻る。

葉介は店の裏にゴミ出しに行っているようでおらず、カウンター前では咲人が売れ残りの花で花束をつくっていた。

「お見送りは済んだ？　蕾ちゃん」

「はい。店長がつくった赤バラのミニブーケを持って、ぎこちなく帰っていかれましたよ」

さすがに小学生に百本のバラは無理だったけど、と蕾は声に出さずに内心で付け足す。でもあの赤バラも、眼鏡の彼が相当吟味して買っていったのだ。

「予想より盛況に終えられてよかったよ。男性のかたも結構来ていたしね。それと蕾ちゃんも、ありがとうね、カップケーキ」

「つ、つまらないものですが……」

「なんで粗品みたいな言いかたなの」

咲人が声を立ててクスクスと笑う。こういうのは勢いが大切！　ということで、蕾はすでに出勤時に、葉介と咲人にカップケーキを手渡し済みだった。

なお、咲人には予定どおりハートのピック、葉介は星型のピックのものである。

「だって私のカップケーキなんて、この咲人さんへのバレンタインの品々を見ていたら、しょぼすぎて気が引けますよ……」

蕾は手をついてカウンターの下を覗き込む。あまり表で活躍はしないが、お客様の荷物を預かる際に使われる編み籠の中は、現在は咲人宛のプレゼントで溢れている。ラッピングもどれも煌びやかで、透明なフィルムにカップケーキを入れてリボンで結んだだけの蕾の品とは、月とスッポンくらいの違いがあった。

「うーん……みなさんのもすごかったし嬉しかったけど、蕾ちゃんのはどう言えばいいのかな、俺にとっては別枠っていうか」

「別枠ですか……？」

お客さんからと職場の同僚からということで、別のカテゴリーという意味だろうかと、蕾は解釈する。

「とにかく、蕾ちゃんからのカップケーキも、俺には大事だから。父さんみたいにすぐに食べちゃわず、ありがたく頂くね」

「店長、配達中に車で即行食べたみたいですもんね。味に問題がなくてなによりです」

「『おいしかった』って言っていたよ。来月のホワイトデーは、俺と父さんからのお返しを楽しみにしていてね」

「き、気にしなくていいですからね！」

とくに咲人はお返し相手が多いのだから、自分のはスルーでいいと蕾は焦る。

「いやいや気にするよ。大丈夫、俺が返したいだけだから」

しかし咲人はすでにホワイトデーの算段を立てているようだ。花を束ねる手を止めず、傍目でわかるほどにこにこと楽しそうで、今日はなんだか朝から上機嫌な王子様である。胸の紫のアガパンサスも、蕾の気のせいでなければ普段より生き生きと咲いている。

これ以上は下手な遠慮もできず、蕾は咲人の手元の方に視線を移す。

メインの花はまっ白なラナンキュラスとピンクのスイートピー。存在感のある大きなラナンキュラスの合間から、スイートピーがひらひらと顔を出し、控え目にグリーンも覗く、清純さの中に可愛らしさを演出した春の花束だ。

ひとつひとつの花を喧嘩させず個々の魅力を引き出し、バランスよくまとめあげる手腕はまさにフローラル王子で、蕾はいつだって感心してしまう。咲人の淀みなく動く手を見守るのは、蕾にとってとても落ち着く好きな時間だ。

咲人は最後に、使用したスイートピーよりも薄めの、ほとんど白に近いほんのりピンクの入ったオーガンジーリボンを巻いて、全体を整える。そしてできあがった品を見せて、「どう？」と蕾に問いかけた。

「完成度の高いすばらしい花束です……！　暖かな雰囲気がこれからの季節に合っていますし、白と淡いピンクがメインで、店頭に置いたら女性の目に留まりやすいと思います。ちょっとした贈り物に渡しやすいミニサイズもいいですね！」

「気に入った？」

「はい、さすが咲人さんです！　きっとすぐに買われちゃいますよ！」

「蕾ちゃんなら欲しい？」

「もちろんです！」

「じゃあ、はい」

「へっ？」

いきなり差し出された花束に、蕾は目が点になる。

「覚えてない？　蕾ちゃんが『バレンタインにもらえると嬉しい』って、俺に言っていた花。ガーベラはプリザーブドフラワーだけど前にあげたし、このミニブーケに加えるとごちゃごちゃするから省いちゃったけど」

言われてみればそんな会話をした記憶が、蕾にはたしかにあった。でもまさか本当にもらえるとは思わないだろう。それも咲人から。

蕾の眼下ではほんのりピンクのオーガンジーリボンが、蕾の動揺など素知らぬ態度で、呑気《のんき》にふわふわと揺れている。

「余りの花でつくった即席花束で申し訳ないけど……フラワーバレンタインに則《のっと》って、俺から蕾ちゃんに。よかったらお家にでも飾ってくれる？」

珍しく不安そうに咲人に聞かれ、呆《ほう》けていた蕾はやっと現実に帰還した。慌てて花束を受け取って、「か、飾ります！　すっごく飾ります！」と無駄に大きな声でよくわからない返事をしてしまう。すごく飾るとはどう飾るのだろう。

クリスマスのときといい、さかのぼればガーベラのフラワークロックのときといい、咲人のプレゼントは不意打ちが多くて心臓に悪い。蕾はしてやられてばかりだ。

自分の手から蕾の手に移った花束に、咲人は「それならよかった」と、これまた珍しくホッとした顔をしている。

「蕾ちゃんには言うまでもないかもしれないけど、花瓶に生けるときは浅水で生けてね」

「あ、それは了解です！　そっちの方が長持ちしますもんね」

少なめの水で生けることを『浅水』といい、ラナンキュラスやスイートピーなどの春の花は茎が柔らかく腐りやすいので、水に浸かる部分を減らした方がいいのだ。逆にバラやアジサイなどは、たっぷりの水で生ける『深水』が適している。この水量の調節も、お花を長持ちさせるコツのひとつである。

「ラナンキュラスもピンクのものにして、いっそピンクで統一した花束にしようかとも悩んだんだけどね。蕾ちゃんは淡いピンクの花が似合うイメージだから」

「そ、そうですか……？」

「うん。そう思うと、母さんが決めたイメージカラーがピンクのこの店に、蕾ちゃんはピッタリだよね」

花屋『ゆめゆめ』は香織の趣味で、オーニングテントもエプロンもピンクで統一されている。蕾自身は自分のイメージカラーがピンクだなんて少々可愛すぎて恥ずかしい気もしたが、店と相性がいいと言われるのはむず痒くも嬉しい。

「そんな蕾ちゃんの胸のツボミは、今はどう？　そろそろなんの花かわかりそう？」

下手をしたら本人より、蕾の胸の花の開花を楽しみにしている咲人は、ふたりきりのときはふとした折りにこうして蕾に尋ねてくる。蕾も蕾で、咲人の胸のアガパンサスに関わる思い出を隙あらば尋ねていたので、おあいこなのだが。

蕾はそっと持っていた花束をカウンターに置いて、自分の胸元に視線を落とす。

実は……ここまで成長してしまえば、ツボミの形や開きかた的に、「もしかしてあの花なのでは？」と予想する花が蕾にはひとつだけあった。

だけど自分にその花が咲く心当たりは、頭の片隅に薄くあるものの、明確な言葉にはできていない。確証もまだない。だから蕾は「まだかかりそうです」といつもと同じ返答をする。咲人もいつもと同じように「そっか」と笑った。

「咲いたら、俺に一番に教えてね」

「……はい」

これもいつものやり取りだ。

だけどこの慣れてしまった咲人との会話が、今の蕾にはなんだか少しもどかしい。

「それにしても、父さん遅いね。ゴミ捨てだけなのに、なにかあったのかな。俺、ちょっと見てくるよ」

チラッと入り口のドアの方に視線をやって、咲人がカウンターから出る。たしかにゴミ捨てにしては戻りが遅いので、蕾も心配になったが、そこでドアベルの音と共に葉介がやっと戻ってきた。

「あ、店長！　なにかあった……どうしたんですか、それ？」

行きはゴミ袋を持っていた葉介の手には、今は大きな取っ手つきの紙袋がふたつ、左右に提げられていた。紙袋はそれぞれ、商店街の洋菓子店と服屋のロゴ入りだ。難しい顔をした葉介は「もらったんだ」と一言呟き、カウンターにドサッと紙袋を置く。蕾はササッと咲人からもらった花束を隅っこに避けた。

「もらったって、ずいぶんとたくさんですね」

「袋もパンパンだね」

蕾と咲人がそろって紙袋の中を覗けば、お洒落な包装紙で包まれた箱や、趣向を凝らしたギフトバッグなどがひしめき合っていた。どれもバレンタイン仕様だ。

紙袋の取っ手には白いカードが一枚、穴を開けてリボンで括《くく》りつけられており、そこには『夢路葉介様へ　日々の感謝チョコです。いつもありがとうございます。　商店街一同』と書かれていた。

「商店街のみなさんから……？」

「裏にゴミを置いて戻ろうとしたところで、商店街会長に会ってな……なんでも各店の奴等から、俺に渡しておいてほしいと預かっていたらしい。そのカードにも書いてあるとおり、全部お礼のチョコらしいぞ」

蕾は葉介の許可を得て、いくつか紙袋から品を取り出してみる。包装紙やギフトバッグをひとつひとつ見てみると、手作りだったり市販品だったりだ。市販品はそこそこ高級そうなものも混ざっている。

さらにそれらには、それぞれカードやらメモがついていた。

『この前はうちの店の外れた窓、直すの手伝ってくれてありがとうございました！　喫茶クロネコ』

『機材の運び込み、人手が足りないところ手を貸して頂き感謝申し上げます。南ノ写真館』

『ずっと前ですが、酔っぱらいの困ったお客さんを宥めてくれて助かりました——！　心ばかりのお礼です！　田中飯店』

『いつも店前のお花にアドバイスありがたいです。よかったら花屋のみなさんで食べてください。ここは楽器店』

などなど……各店から葉介への感謝の気持ちが綴られている。

葉介は迫力満点な容姿から、魔王だなんだと言われているが、付き合えばその人のよさはすぐわかる。配達であちこち行く葉介は、商店街の中で困り事があると持ち前の放っておけない性格を発揮して、なにかと手助けをしていたようだ。

バレンタインというのは、なにも意中の相手に愛を告白するだけではない。こうやって日々の感謝を伝える日としても、ちょうどいい機会であるのかもしれなかった。

「これぞ人徳、ですね」

「すごいね父さん、俺が頂いたチョコの倍はあるよ」

「……べつに礼なんてよかったんだがな」

そう無愛想に眉を寄せて顔を逸《そ》らしつつも、葉介は照れているようだった。しばらく夢路家のふたりからは、甘い香りが堪えなさそうだ。

まさかの葉介が一番多くのチョコを獲得したところで、花屋『ゆめゆめ』のバレンタインは無事終了となったのであった。

四ツ葉探しとシロツメクサ

でぶっとしたボディに太い尻尾。野性味を感じさせる鋭い眼光。どこをとっても貫録のあるリリアンは、少し前までは強かに生きる野良で、現在はご近所一大きなお屋敷に飼われている雄のぶち猫である。

飼い主はアヤリという名の小学生の少女で、そのお屋敷のお嬢様だ。

アヤリはリリアンが大好きで、いついかなるときでもべたべたと構ってくる。「リリアン、リリアン、今日はなにして遊ぶ？」と纏わりついてきて、リリアンは鬱陶しいと思いながらも寛大な心で相手をしている。

だがそんなアヤリは、季節が冬から春へと移り変わり、日差しが柔らかくなってきたここ最近は、学校からの帰りが毎日遅く、前ほどリリアンに構わなくなった。

なんでも、学校帰りにハマっていることがあるらしい。

「今日も見つからなかったなあ、四ツ葉のクローバー。チグサちゃんは次々と見つけていたのに……あ、チグサちゃんはね、前まではリュウセイくんを巡る恋のライバルだったんだけど、最近になってお友達になった子なの。昨日の敵は今日の友、なんですって。

チグサちゃんは四ツ葉を探すのがとっても上手なのよ。他の子もひとつは見つけているのに……私はまだ、どれだけ探しても見つけたことがないの」

一日の出来事をリリアンに報告するのはアヤリの日課だ。

今日も遅く帰ってきたアヤリは、リリアンのふっくらした肉球をぷにぷにと弄りながら、そんなことをしょんぼりと話していた。

彼女のマイブームとは、学校帰りの下校ルートにある草原で、シロツメクサの群れから四ツ葉のクローバーを友達と探し出すことらしい。

以前なら草原になど一切入らない、生粋のお嬢様であったアヤリだが、リリアンと遊ぶために猫じゃらし……正式名称はエノコログサを摘むために草原に飛び込んでから、抵抗がなくなったようだ。

言われてみると帰ってくる彼女の服には、ここずっと土や草がくっついて汚れていた。

当初、過保護なアヤリの両親は、「これはイジメ、イジメなのかしら⁉」と大袈裟に心配していたものだ。その理由を正しく知った今では、娘の健康的な遊びを「あらあら」と温かく見守っているようだが、面白くないのはリリアンである。

自分よりも、そんな『草探し』にアヤリが興味を抱いているなんて。

べつにリリアンは、アヤリと遊ぶ時間が減ったことに腹を立てているわけではない。

そこは勘違いしないでほしい。ただ単純に、自分よりもアヤリが優先していることがあるのが気にくわないだけである。

「最近は帰りが遅くてごめんね、リリアン。見つけたらリリアンにも見せるからね。あのね、四ツ葉のクローバーを見つけられたら幸せになれるんだって。私、諦めないから。持って帰ってくるまではしばらく我慢してね」

「……ぶみゃあ」

アヤリはよしよしとリリアンの頭を小さな手で撫でた。

それを甘んじて受け入れながらも、リリアンは猫にしては賢い頭で考えた。

ようするに、アヤリの手に、その四ツ葉のクローバーとやらが行き渡ればいいのだろう、と。

※

三月にもなると気温は上がり、心地よい日差しの中で小鳥は囀《さえず》って春を歌う。とくに今年は雪解けが早く、例年よりもずいぶんと暖かい。

そんな麗《うら》らかな季節の昼下がり。

蕾の通う大学は長い春休みの最中であり、バイトも今日はお休みだ。

そのため蕾は、ハーフアップにしたセミロングの髪に陽光を浴びながら、近隣の高校沿いの歩道をのんびりと歩いていた。

「なんだかんだずっと慌ただしかったし……。たまにはこういうまったりした日もいいなあ」

本来ならば商店街で目的の買い物をして、蕾はすぐに帰宅するつもりだった。しかし空は雲ひとつない青空で、あまりにもいい天気だったため、もう少し光合成がしたくなったのだ。せっかくなので気分の赴くままに、普段通らない道をわざわざ選んでお散歩をしている。

右手には高校のグラウンドがネット越しに広がり、体育の授業中なのか、体操服姿の生徒たちが準備運動をしている光景が見える。

ここはハヅキの通う私立花丘《はなおか》高等学校だ。

生徒たちは男女別に、まず学校周りを一走りさせられるらしく、蕾は先程まとまって走る体操着の女子高生集団とすれ違った。生憎《あいにく》派手な赤のハイビスカスは見つからなかったが、見覚えのある黄色いオンシジュームを背中に咲かせたふたりが、お揃いの無地の白いシュシュで髪を束ねて、仲良く並んで駆け抜けていった。

あちらは気づいていなかったが、蕾は心の中で「頑張れー！」とエールを送っておいた。

カサッと、蕾の手に提げられたビニール袋が揺れる。中身は芽衣子が勤めている書店で買った漫画の新刊で、タイトルは『ダンデライオンと君と恋と』。乙女の夢が詰まった少女漫画だ。

実は咲人の幼馴染みの男性が描いているこの漫画は、今巻でついに完結だ。長らく続いたシリーズだったため、愛読していた蕾としても感慨深いものがある。機会があれば、咲人経由で作者本人にお疲れ様を言いたいところだ。

帰って読むのが楽しみだなあと、ゆったりとした足取りで進んでいたら、蕾はふとあるものを視界に捉えた。

道路を挟んで向かい側はポツポツと民家が並んでいるのだが、その中の一角は更地で、長らく放置されていたのか雑草が生い茂っていた。その緑のわさわさした葉の中に、動く太い尻尾が見えたのだ。

その尻尾には沿うように、もふっとしたエノコログサが生えている。

「猫じゃらしつきの猫っていうと……」

蕾の脳内には、エノコログサと関連する、ある猫とのちょっとした騒動が、しっかりと納められていた。

蕾は車が来てないか確かめてから道路を渡って、ロング丈のワンピースの裾を捌《さば》きながら、スニーカーで雑草を踏んでその尻尾のもとへ赴く。本日の蕾の服装は、エスニックデザインのロングワンピに、薄い黄色のジップパーカーを合わせた春コーデだ。友人と買った初売りの福袋に入っていた組み合せだが、蕾はわりと気に入っている。

「やっぱりリリアン……だよね？　こんなところでなにをしているの？」

「ぶみゃ」

屈んで声をかければ、蕾もよくよく知っているデブ猫のリリアンは、猫というよりは潰れたヒキガエルのような不細工な鳴き声をあげた。赤い首輪は革製の高級仕様で、いかにもいいとこの猫なのに、出で立ちは相変わらず野性味に溢れている。

「飼い主さんは……いないみたいだし、お家から勝手に出てきたの？　い、いいのかな、放っておいて」

もともとの野良気質を色濃く残すリリアンは、以前も飼い主のところから悠々と抜け出し、そのときは運悪く自転車に轢かれて足に怪我を負ってしまったのだ。蕾とパン屋の陽菜が保護して事なきを得たが、また事故などにあったら……と蕾は心配になる。

しかしリリアンはそんな蕾など意にも介さず、なにやら草を掻き分けてフンフンと顔を地面に近づけている。その行動の珍妙さに、蕾はついついリリアンの様子を見守ってしまう。

「あ、よく見るとこれ、シロツメクサだね」

リリアンの巨体の下に広がっているのは、青々とした緑の絨毯と、そこから飛び出すように咲いている、丸い形の飾り気のない白い花だ。

野原や空き地などでどこでも見かける素朴なシロツメクサは、ヨーロッパ原産の多年草で、クローバーの別名でよく知られている。花の開花期は基本的には四～七月頃だが、今年は温暖な気候のためか早咲きしたようだ。

シロツメクサは漢字では『白詰草』と書き、その名前の由来は江戸時代にさかのぼる。オランダから日本にガラスの器が輸入されてきた際に、割れないように緩衝材として、器の間に詰められていたのがシロツメクサだった。そこから『詰め草』に色の白が合わさって、この名前になったのだ。

「懐かしいなあ……子供の頃は友達と、あとたまにお兄ちゃんと、シロツメクサの冠《かんむり》とかつくったっけ。今でもつくれるかな」

シロツメクサといえば冠だ。春らしい自然の遊びである。

蕾はリリアンにぶつからないように気をつけながら、プチッと一本摘んでみる。茎が長い方が編みやすいので、根元から摘むのが大切だ。冠は少々手間がかかるが、ブレスレットくらいならいけるかもと、蕾は懐かしさに駆られたまま、成り行きでシロツメクサ遊びを開始する。

花屋で鍛えた茎を束ねるスキルが身についた分、昔よりうまくつくれる気がしたのだ。

さらに数本摘んで、シロツメクサを束ねては編んでいく。蕾は幼稚園の先生に習ったが、本やネットでも作りかたはいくらでも載っている。記憶を辿りながら、どんどんシロツメクサを繋いで長くしていく。

自分の腕回りを上回る長さまで編めたら、くるっと輪っかにして完成だ。

「けっこう綺麗にできた、よね？」

蕾はうんうんと自分の問いに自分で頷きながら、シロツメクサの腕輪を掲げる。大学生になってまでなにをやっているんだと、冷静な自分が心の隅で突っ込んだが、春の陽気で平和ボケモードなのだ。たまにはこういう遊びに興じるのもいいだろう。

ただ腕輪はいざ通してみると、蕾の腕にはぶかぶかだった。つくったところで持ち帰るつもりはなかったが、このままひとりで「サイズが合わなかったな……」とポイして終わりも寂しい。

そこで眼下で蠢《うごめ》く、もふもふな頭に目を留めた。

「ちょうどよさそう……」

呟くと同時に好奇心に負けて、ポサッとリリアンの頭の上にシロツメクサの腕輪を落としてみる。目論見《もくろみ》どおり、リリアンのトンガリ耳と耳の間に腕輪はすっぽり収まり、いい感じに猫用冠へと変貌を遂げた。

蕾は「これは咲人さんに見せなくては……！」とほぼ反射的に思って、慌てて写真を撮ろうとショルダーバッグからスマホを取り出す。咲人ならきっと、こんな子供じみた行為にも朗らかな笑みを見せてくれるだろう。彼の笑顔を思い浮かべると、蕾はふんわりと温かな気持ちになる。

むしろ彼がここにいれば、より高度なシロツメクサ遊びを展開していたかもしれない。

「よし、カメラ起動ＯＫ……あっ！」

だがシャッターを切る前に、リリアンがブンッと首を振り、シロツメクサの冠を払い落としてしまった。その太った体からは想像もつかぬ俊敏さだった。無情にも冠は地へとポサリと落ちる。

次いでギロッと凄みのある金色の目で睨まれて、蕾は縮こまる。

「ぶみゃあ……」

「す、すみません」

葉介並みの迫力で「邪魔をするならば去れ」と怒られた気がして、とっさに蕾は敬語で謝った。

「ぶみゃ！」

ふんっと機嫌が悪そうにもう一鳴きして、再びリリアンはシロツメクサの葉に鼻先を埋める。この猫様は、先程から熱心になにをしているのだろう？

気にはなったが、これ以上邪魔をすると今度こそ引っかかれかねないので、蕾はこっそりその場を去ることにした。

おいて帰っていいのかな……と暫《しば》し迷ったが、リリアンは元を正せば、ここらで幅を利かせていた野良猫。下手をしたら蕾よりも周辺の地理を知り尽くしているだろうし、油断さえしなければ、怪我を負うような不覚は取らないだろう。

すぐに大丈夫かと思い直し、小声でリリアンに「早めにお家に帰るんだよー」とだけ伝えておく。

それから膝上に置いておいた書店の袋を手に取り、蕾が立ち上がろうとしたところ、完全なるラッキーでそれを見つけた。

「あ、四ツ葉だ」

シロツメクサといえば、冠などを制作して遊ぶ以外にもうひとつ、『四ツ葉探し』という楽しみかたもある。幼少期には、一度は血眼《ちまなこ》で探した人も多いのではないだろうか。

通常のシロツメクサの葉は三枚から成り立ち、一枚一枚に『希望』、『誠実』、『愛情』の三つの意味が込められているが、ごく稀に見つかる四ツ葉は、そこに『幸運』が加わる。また古くからシロツメクサの四ツ葉は十字架にも見立てられ、神聖さの象徴ともされてきた。

それゆえに、見つけられると幸運が訪れるというジンクスが定着している。それを蕾が偶然発見したのだ。

これは持ち帰らなくてはと、サッと摘みあげる。四ツ葉が手元にあるのはやっぱり嬉しい。

ただ実は、シロツメクサには『私を思って』『幸運』『約束』などの、花に合った明るく輝かしい花言葉が多い中、なぜか『復讐』という闇が垣間見える言葉もあることを蕾は知っている。そこはちょっと引っかかるものの、一般的には、四ツ葉は幸せの印だ。

「これは押し花にして、しおりにでもしようかな」

茎を摘まんで四ツ葉をくるくると回すと、春風に緑の葉がそよぐ。

花や葉を平らにして乾燥させたものを押し花と呼ぶ。作りかたは極々簡単で、もっともスタンダードなのは重しを乗せるやりかただ。ティッシュなどの紙でそっと包んで、分厚い本などを上に置く。そのまま数日寝かせて乾燥させたら完成だ。他にも電子レンジやアイロンを使った方法もあるが、どれも手軽にできる。

それをカードや絵はがきに加工すればちょっとした自然の便りになるし、しおりにしても情緒があってお洒落である。

蕾が頭の中でクローバーのしおりをどうつくるか考えていると、急にぐいぐいとワンピースの裾を引っ張られた。誰かなんてひとり、いや一匹しかいない。

「ど、どうしたの、リリアン？」

「ぶみゃ！　ぶみゃ！」

足下を見れば、リリアンは裾を確《しか》と咥《くわ》えて、なにかを訴えるように引っ張り続けている。このままでは新しい服がダメになる……！　と蕾は焦るが、リリアンの伝えたいことがさっぱりわからない。

「お、お腹が空いた？」

「ぶみゃ！」

「ち、違う？　一緒に遊んでほしいとか……」

「ぶみゃあ！」

不正解だったようで、エノコログサつきの尻尾でぺしんと足を叩かれ、蕾は「この猫手厳しい！」と泣きたくなった。

誰か通訳してほしいと切実に願いながらも、うーんうーんと必死に頭を働かせていると、リリアンはワンピースの裾を口に含んだまま、前足をしゃかしゃかしてなにかをめがけて振っていることに気づいた。

その前足の先を辿り、そこで蕾はようやく気づく。

「この四ツ葉が欲しいの……？」

問いかけてリリアンの目の高さまで四ツ葉をおろせば、パッと裾が解放される。やっと正しい解答を出せたらしい。スカートもなんとか無事である。

ひとまず安心しつつも、蕾は手の中の四ツ葉とリリアンを見比べる。

……少し惜しいがまあいいかと諦め、「どうぞ」と四ツ葉を差し出せば、リリアンは今度はそちらを勢いよく咥えた。

そしてさも王が臣下を労《ねぎら》うような、「よくやった、褒《ほ》めて遣《つか》わす」と言わんばかりの尊大な態度でポムッと蕾の膝に肉球を押しつけると、一目散に駆け出す。緑のカーペットを出てアスファルトの地面を蹴り、その重たい体でどうしたらそのスピードが出るのかという速さで、リリアンは瞬《また》く間に消えてしまった。

「なんだったんだろう……」

残された蕾は暫し呆然と、その場でリリアンの消えた方向を見つめていた。

そんな蕾の傍らには、偉そうな猫の王様の頭にはふさわしかったであろう、シロツメクサの冠が静かに転がっていた。

※

「……と、いうことがありまして」

「じゃあせっかく見つけた四ツ葉は、猫に颯爽《さっそう》と取られちゃったんだね」

リリアンによる『四ツ葉強奪事件』の翌日。

花屋『ゆめゆめ』の朝の開店準備中、蕾はピンクのオーニングテントの下、咲人と一緒に切り花のバケツや鉢植えを店頭の棚に並べながら、昨日の出来事を彼に話していた。

咲人は「本当に王様みたいな猫だね」と、おかしそうに喉を震わせている。天気は連日快晴で、彼の笑い声は陽だまりの中に柔らかく溶ける。

「王様っていうか暴君です。振り回されました！」

「ははっ。でもその猫……リリアンだっけ？　リリアンはその四ツ葉をどうするつもりなんだろうね？」

「私にはさっぱりです。これで道端に捨てられていたら悲しいですが……」

「猫は気紛れだからね。でも案外、人が誰かに花を贈るみたいに、大切な人へのプレゼントかもよ？」

ね、と咲人は手にしている植木鉢のサクラソウに、にこやかに語りかけている。イケメンなのに素で花に話しかける咲人の変人行動は、もはや見慣れた蕾だが、季節が巡りこうして彼がサクラソウの鉢を手にしていると、花屋『ゆめゆめ』でバイトを始めた昨年の春を思い出す。

奇しくも咲人も同じことを考えていたようで、「こうしてサクラソウを見ていると、昨年のことを思い出すね」と懐かしそうに目を細めて、トンッと鉢を棚に置いた。

「もうすぐ蕾ちゃんがうちにきて一年になるんだね。あのときは俺が店先で、バイト募集のポスターを眺めている蕾ちゃんを見つけてさ」

「そのままハーブティーを頂きながら中で話を聞いていたら、いつの間にか面接になっていたんですよね」

蕾はしみじみと、あのときの衝撃を思い出す。

その出来事からもう一年とは。時が経つのは早いものである。

「店先に蕾ちゃんがいるのを見たときは嬉しかったなあ。テンションあがったのをよく覚えているよ」

「たしかバイトの募集を開始して一日目で、一番に私が来たからでしたっけ……？」

「それだけじゃないけどね、俺が喜んだのは」

意味ありげに咲人は口元を綻《ほころ》ばせる。しかし蕾がその意味を追求する間もなく、咲人は再び棚のサクラソウに向き合い「蕾ちゃんが『ゆめゆめ』に来てくれて本当によかったね」などと、本人がいる横でこっちが照れる発言をサラリとしている。

咲人の長い指先が、サクラソウのピンク色の花弁を優しくなぞった。ハート形を五枚合わせたような、可愛らしい花弁がふるりと揺れる。

「クローバーの葉の一枚には『希望』って意味もあるけど、サクラソウの花言葉も『希望』だね。春はそういう、前向きな言葉が合うね」

「え、ええっと、はい。ここに並べた鉢物のスイートアリッサムも、花言葉は『優美』ですし。こっちの切り花のアルストロメリアは『未来への憧れ』、その横のストックは『愛情の絆』『順風満帆』ですもんね」

「サクラソウの名前のもとにもなっているサクラも、春の王道中の王道の花木だけど、花言葉の『精神の美』もまた健やかな感じで前向きだよね。やっぱりサクラは心惹かれるものがあるよ。例年どおりだと今月下旬が見頃かな」

お花見したいね、という咲人の言葉に蕾は同意を示す。

昨年は大学への進学やらバイト探しやら、新生活のスタートでバタバタしていて、ゆっくりサクラの花を観賞した記憶がなかった。心の片隅でぼんやりと、咲人と一緒に満開のサクラが見られたらいいなと蕾は思う。

「でも春の花木といえば、俺はサクラももちろんだけど、ジンチョウゲを推したいなあ。さすが『三大香木』に数えられるだけあって、あのジンチョウゲの爽やかな香りが好きなんだ」

『三大香木』とは香りの強い花を咲かせる三つの樹木を指し、春のジンチョウゲ、夏のクチナシ、秋のキンモクセイのことをいう。咲く季節はバラバラだが、どの樹木もその季節の代表格として高い知名度と人気を誇る。

その三大香木の中でもジンチョウゲは、香りの成分がとくに多く含まれ、一番香りが遠くまで届くといわれている。ジンチョウゲの別名である『千里香《せんりこう》』は、香りが千里先にいてもわかるという意味だ。

「ああ、いいですね、ジンチョウゲ！　花言葉も『栄光』でこれまた前向き！」

「『不滅』って言葉もあるよ。ジンチョウゲが一年を通して緑の葉をつける、常緑植物であることにちなんで」

「咲人さん、蕾ちゃん！　おはようございます！」

咲人と蕾が恒例のお花トークで盛り上がっていると、突如元気な声が響き渡った。声のした方に目線を向けると、千種が赤いランドセルを担いで手をあげていた。後ろには見慣れない女の子もいる。

「っと、おはよう、千種ちゃん。あれ、登校ルートってこっちだったっけ？」

学校帰りにはひとりで寄り道して、たまに万李華がおらずとも『ゆめゆめ』に現れる千種だが、登校中の姿はあまり見かけない。

それにこの時間だと遅刻じゃないかと蕾は心配になるが、今日は『上級生を送る会』とやらがあるため、学校は変則的なスケジュールになっているらしい。『ゆめゆめ』の店前を通ったのは、後ろにいる少女の家にお迎えに行っていたからとか。ルート的にこちらを通った方が近道になるそうだ。

ついにバレンタインデーの日に、おませにも〝彼氏〟をゲットした千種は、生き生きと蕾に語る。千種はバレンタインの翌日に、勇んでそのことを蕾に報告に来たのだが、それ以来リア充パワーなのか、以前にも増していつも元気溌剌《はつらつ》である。

「六年生の先輩がたに『中学生になっても頑張ってくださいね』って気持ちを込めて、私のクラスはお歌を歌うの！　私が女子のパートリーダーで、男子のパートリーダーは香月くんなんだよ！　そしてそして、この彩梨《あやり》ちゃんがピアノを弾くの！」

「へえ、歌で送り出すんだね」

「彩梨ちゃんとはその合唱練習で仲良くなったの！　私の新しいお友達！」

　卒業シーズンでもあり新たな出会いのシーズンでもあるなあと、蕾はあらためて春の訪れを感じる。彩梨と呼ばれた少女はどちらかといえば内気なようで、もじもじと千種の後ろに隠れている。

「気をつけていってらっしゃい、歌もがんばってね」

「うん！　行こう、彩梨ちゃん！」

「う、うん」

　勢いよく踏み出す千種においていかれないように、彩梨もおずおずと続く。

　いつものツインテールに薄手の長袖Tシャツ、下はショーパンという健康的な格好の千種とは対照的に、彩梨はロングヘアーに質のいいブラウスと上品なロングスカートを合わせた、お嬢様然とした格好だ。走りかたも彩梨はなんだか可憐である。

　そんな彼女の小さな指先には、まるで指輪のように、四ツ葉とシロツメクサの花がセットで咲いていた。

　なお四ツ葉探しでは間違われやすい、よく似た『カタバミ』という野草もあるが、こちらの方がシロツメクサよりも広範囲でどこにでも生息し、ハート型の葉で黄色い花を咲かせる。彩梨の指に咲いていたものは、トランプのクラブ型の葉に白い花だったので、間違いなくシロツメクサだ。

通り過ぎざまに見つけた蕾は、パチパチと瞬きをする。

「まさかあの子がリリアンの……？」

リリアンと彩梨が共に戯れる様を想像してみる。おとなしそうなお嬢様とふてぶてしい王様猫の組み合わせは、意外にもしっくりときた。真相は定かではないが……もしそうだとしたら、蕾が四ツ葉を譲った甲斐もあるというものだ。

「……咲人さん、猫は人に『幸運』を運ぶみたいですよ」

「ん？　どういうこと？」

首を傾げる咲人に、蕾は先程の意趣返しで、春の風の中に意味ありげな笑みだけを残しておいた。

蕾と胸の花

けたたましいアラームの音で目を覚ます。

窓からは朝陽が差し込んで、白い光が室内を照らしている。

緩慢な動作で枕元に置かれたスマホを操作し、アラーム機能を止めた蕾は、ベッドの上でゆっくりと上半身を起こした。けれど脳はまだ起きていなくて、そのままの態勢でふわあとあくびをこぼしてぼんやりする。頭の中では、先程見た夢の内容がぐるぐると巡っている。

——花屋『ゆめゆめ』の店前に立つ咲人が、胸元のアガパンサスを咲き誇らせて、自分に微笑みかける夢。

能力を一時的に失っていた際に見て、それからふとした際に思い出すあの夢を、まさかまた見るとは思わなかった。

「同じ夢を二回も見るとか初めてだなあ……」

過去に見た夢と同じ夢を見るということは、誰にでも起こり得るわけではないが、決して珍しいことではない。原因は諸説あるようだが、深層心理からなんらかの自分へのメッセージ、という説が有力らしい。

「もしかして、このツボミと関係あるのかな……？」

春用の薄手のパジャマの上から、胸元にそっと手を置く。完全に開ききってはいないが、咲きだしているその花の名前を、蕾はもう知っていた。さすがにここまでツボミが成長すれば、特定は容易である。

しかしながら、どうして自分にその花が咲くのかは、相変わらずはっきりとした理由が見つけられない。

「このツボミは他の人の花とは違って特殊だし……理由なんてないのかな。それともちゃんと理由があって、それがわかったら花が咲くのかな……」

ベッドに留まったまま考え事に耽《ふけ》っていたら、トントンとドアを叩く音がした。ドア越しに母親の賑やかな声が届く。

「蕾ー！　起きているの？　なんか幹也が、あなたの自転車を借りて行くって！」

「あ、それなら聞いているから大丈夫だよ！」

蕾も声を張って返事をする。

今日は前に幹也が言っていた、大学のサークルメンバーでサイクリングの日だ。朝から蕾の自転車を借りて出かけるようである。自転車屋さんでメンテナンスもしっかりしてもらったあとなので、いつかの蕾のように、チェーンが急に外れるなどという悲劇はおそらく起きないだろう。

「それならいいけど。あなたもバイトがあるんでしょ？　時間は大丈夫なの？」

「え……」

大学が春休みだと曜日感覚が曖昧になるが、今日は土曜日。朝からバイトのシフトが入っている。

蕾は慌ててスマホではなく、ベッド脇のサイドテーブルに置いた時計を確認する。ピンクのガーベラを加工したフラワークロックは、咲人からの贈り物だ。

花に彩られた時計の針を見て、蕾はバッと布団を跳ねのけた。ぼうっとしている間に、時は刻一刻と進んでいたらしい。

「やばい、遅刻する……！」

バタバタと足音荒く、蕾はまだ開店前の花屋『ゆめゆめ』のドアを開けた。

「お、おはようございます！　店長、咲人さん！」

「おう、おはよう」

「おはよう、蕾ちゃん。そんなに焦らなくても、出勤時間の十分前だよ」

肩を上下させながら、蕾は壁のアンティーク時計を仰ぎ見る。遅刻かと全速力で来たら、案外早く着いたパターンのようだ。

カウンター前で立ち話をしていた葉介と咲人は揃って顔をあげ、「深呼吸しとけ」「ゆっくり着替えておいで」と、汗を拭う蕾に労《いたわ》りの声をかける。それに礼を返しながら息を整え、蕾は店奥に荷物を置いて着替えを済ませた。着替えといっても、お馴染みの『ゆめゆめ』印のピンクエプロンをつけるだけなのですぐだ。

店内に戻ると、咲人と葉介はまだなにやら話し込んでいた。ふたりとも眉を寄せて悩ましげな顔をしている。

「おふたりとも、どうしたんですか？　なにかトラブルでもありました……？」

花屋のトラブルといえば、お客様の希望と完成品の相違で満足のいってもらうギフトができずつくり直し、配達の注文が集中した際の届け先を間違える、急ぎの案件で資材不足などなど、いくらでも思いつく。

蕾は不安げに様子を窺うが、葉介は首を横に振った。

「お客さんとなにかあったとか、そんなトラブルはないぞ。……でもこれはたしかに、ある意味トラブルかもしれんが」

「え？」

葉介は強面を歪めた苦い表情で、手にしていた資料を蕾に渡した。A4サイズのコピー紙が数枚、右上にホッチキス留めされている。表紙には明朝体の横書き文字で、『あおぞら商店街五十周年特別企画』とパソコンで打ち込まれていた。

『あおぞら商店街』はまさしく、花屋『ゆめゆめ』も属しているこの商店街の名称である。

「そこに書いてあるとおり、めでたく商店街は今年の七月で五十周年でさ。それで各店舗の責任者が集まって、なにか商店街全体の活性化に繋がる催しを……ということで、話し合って決まった企画内容がそこに載っているんだ。夏に向けて、早め早めに準備も始めなくちゃいけないしね」

「基本的には『五十周年記念フェア』と銘打って、各店舗が対象商品を割引きにしたり、フェア中はノベルティをつけたり。あとはスタンプラリーも実施することになった。商店街の五店舗で買い物をしてスタンプを集めると、お買い物券がもらえる」

「わ、楽しそうですね」

スタンプラリーという響きに蕾は胸踊らせる。蕾は結構、お店のスタンプカードなどもまめに集めるタイプだ。木尾家は母親も応募券などは捨てずにためておくし、兄の幹也もオタクグッズをコレクションしていたので遺伝だろう。

自分はスタンプを押す側だろうが、蕾はむしろ集めたいと思ってしまった。ペラリと資料を捲《めく》ってみれば、スタンプラリー企画の詳細が記載されている。

「でもまだ始まってもいないのに、なんでトラブルなんですか……？　スタンプラリーになにか問題が……？」

「スタンプラリー自体が問題じゃないよ。問題はそのフェア用に、商店街の概要やそのスタンプラリーの実施要項、あとお店の紹介なんかを載せたミニ冊子をつくって、各店に無料配布用として置くんだけど……」

「いいからページをもう一枚捲ってみろ、蕾」

葉介の指示に従って、蕾は次のページを開く。そちらには今しがた咲人が説明してくれたミニ冊子について、どんな趣旨のものにするか、なにを載せるか、表紙のデザイン候補やレイアウトはどうするかなどが、こと細かに書かれていた。

その中で葉介が引いたのだろう、黄色の蛍光ペンで強調されている箇所を蕾は読み上げる。

「『冊子には商店街のお店紹介を載せるため、各店舗には店の写真を一枚から二枚、四百字程度のセールスポイント、店のキャッチコピーをまとめて提出するようにお願いいたします』……写真にセールスポイント、キャッチコピーですか」

「ああ」と葉介は神妙に頷く。

「とりあえず写真の方は、ここ最近天気がいいし外で店構えを一枚撮って、もう一枚は花を持ったお前と咲人の写真を提出する予定だから問題はない」

蕾は「ええっ⁉」と驚く。

「咲人さんはともかく、私もですか⁉」

完全に初耳だ。

咲人はいい。彼ほど写真映えのする花屋店員はそうそういないだろう。ただでさえ容姿はモデル顔負けだ。だが冊子にお店の紹介として載せる大事な写真に、己が映ってもいいものかと蕾は縮こまる。

お世辞にも蕾は写真写りがいいタイプではないし、むしろ緊張すると顔が硬くなってしまう。

「俺としては、蕾ちゃんと並んで花束を抱えて正面から撮ってもらうか。もしくは花を組んでいるところや水やりをしているところとかの、お仕事風景を写してもらうか。どっちかにしたいなと考えているんだけど」

「もう具体的に撮影のシチュエーション候補まで……！」

「カメラは任せろ。俺が撮る」

「そ、それなら私がカメラ係やりますよ！　店長と咲人さんで写った方が……」

無言で葉介は、自分の頬に一筋入った切り傷をトントンと指先でつついた。「俺の写真なんて任侠映画の宣伝みたいになるだろうが」と言外に諭された気がして、蕾は口を噤む。咲人は咲人で「どっちのシチュエーションがいいかなあ」と真剣な顔で呟いていて、蕾は早くも観念した。

己が写真に写ることはもう決定事項らしい。

「ということでまあ、写真はそれでいくからいいとして。セールスポイントも、俺がサッと文章にまとめるから特に心配はない。難点は……キャッチコピーだ」

「キャッチコピーって、テレビのＣＭとかお店の看板によくあるやつですよね」

印象に残るフレーズで、見た者の心をグッと捉える宣伝文句。それがキャッチコピーである。たしかに写真と文に加えてそれがあった方が、冊子を開いたときに目に留まりやすい。なによりうまいキャッチコピーがあれば、一発で店のことを記憶してもらえる。

でもそのキャッチコピーを考えることが、なぜトラブルなんて大袈裟に称されてしまったのだろうか。

「参考までに、俺も父さんと他のお店から情報収集したんだよ？　陽菜さんのところは『いつもホカホカ、あったかおひさまベーカリー』」

「店名を取り入れるパターンですね。パン屋さんってことが一発でわかるし、ほんわかしていていいと思います！」

「向かいの手芸用品店は店名の『コバト』とかけて、『羽ばたく手作りの輪を応援します』だそうだ」

「なるほど……『羽ばたく』に店名の鳥要素を入れて、あとはメッセージ風ですね」

『コバト』の名前が出たことで、蕾はいまだ耕司への告白の結果について報告に来ていない、ハヅキの存在を思い出す。

耕司の店とはお向かいさんなので、たまに顔を合わせて挨拶をするが、彼の腕には変わらず、初恋の人への想いを残すキンモクセイが咲いたままだった。

ハヅキのことは気になったが……ひとまず今は、目の前の話題に集中する。

「うちはその、今のところ案はないんですか……？」

蕾の問いに、夢路親子は顔を見合わせた。葉介は再び渋い表情、咲人もなんだか苦笑気味である。

聞けばそれぞれひとつずつ試しに案を出し合ってみたが、お互いにイマイチ、という結果に着地したらしい。

「俺が考えたのは、〝フローラル王子に会える夢のお花屋さん♪『ゆめゆめ』へようこそ！〟だ。ファンシー路線でいこうとして、音符をつけてみた」

「王子はちょっとどうかなって俺は思うんだよね。そのあだ名を推されるとさすがに俺も恥ずかしいし、少しメルヘンすぎて胡散臭《うさんくさ》い気もするんだよ。俺の案は〝花は世界を救う～世界平和は小さな花屋『ゆめゆめ』から～〟なんだけど」

「明らかにそっちの方が胡散臭いだろ……！　どうだ？　蕾。俺たちにはこういうセンスはない。まったくない。もうトラブルだろう」

「は、はあ」

蕾はコメントに悩み、誤魔化すような笑みを返す。たしかにこう言っては悪いが、ふたりの案はそれぞれ個性的ではあるものの、どちらも大変胡散臭かった。とくに咲人の謳《うた》い文句はまさかの世界規模である。

「それでだな……このキャッチコピーは蕾、お前に任せたいんだ」

「へ⁉」

またもや自分にご指名が入り、蕾は素《す》っ頓狂《とんきょう》な声を漏らした。案を聞いただけでもわかるように、キャッチコピーはもろに己のセンスが試される。

写真以上に無理だと蕾は今度こそ断ろうとするが、咲人に「もう蕾ちゃんしか頼れるメンバーがいなくて……」と困った顔で言われ、出かけた言葉が喉奥に詰まる。

畳みかけるように、葉介も蕾の肩にポンと大きな手を置いた。

「大丈夫だ。自分で言うのもあれだが、俺たちよりまともなものを考えてくれるだけで助かる。もうお前しかいないんだ、蕾」

「期限は今月いっぱいまで。文字数制限とかは特になし。俺からもお願いするよ、蕾ちゃん」

普段からお世話になっているバイト先の店長と先輩から、ここまで頼み込まれてNOと言える精神など、蕾は持ち合わせていない。純粋にちょっと頼られていることが嬉しかったりもする。

そして蕾は最終的に、「自信はありませんが……」と小さく頷いて了承した。

「よかった。ありがとう、蕾ちゃん！」

「い、いえ」

咲人にふんわりと満面の笑顔を向けられ、朝に見た夢を想起してしまい、蕾はじわじわと体中が熱くなっていった。俯いて資料に目を通すフリをして、なんとかやり過ごす。

目に飛び込んできた資料の一文には、『お店のよさが伝わるすてきなキャッチコピーを考えてください』と綴られていた。

※

さて、なかば流されてキャッチコピーの件を引き受けた蕾だが、そう簡単にポンポンとアイデアが浮かぶものでもない。

ネットで検索したり街を歩いて看板に目を走らせたりして、有名店のキャッチコピーなどを見て回ったが、どれも「よくこんなすごいのを考えられるな……」と感心して終わってしまう。

短く、わかりやすく、覚えやすく。

かつ、店のイメージがよく伝わるものが理想だ。

しかし理想に近づくのは存外難しく、蕾は夜寝る前や入浴中などの隙間時間にいくつか考えてみたのだが、どれもしっくりこない。参考までに幹也に聞いてみたら、「『悪魔の花屋』でよくね？」とふざけた回答しか返ってこなかった。

現在、三月もなかばに差しかかろうというところだが、蕾はまだまだ悩み中である。

そして納得のいくキャッチコピーは決まらないまま……ついでに胸のツボミも、開き出してはいるが咲き切らず、その花が咲いた理由もあとひとつ不明のまま。

蕾は金曜日の本日、花屋『ゆめゆめ』の開店前に、いつもより少々早く来て、先に提出用の写真撮影をすることになった。

「店構えはさっさと撮っといたからな。次はお前たちの写真だ。まずは適当に花を抱えて横に並べ。場所はそうだな……カウンター前でいいか」

デジカメを構えた葉介の言うとおりに、ピンクのエプロン姿の蕾と咲人は、花を抱えてカウンターを背にふたりで立つ。花もより親しみやすく見えるよう、咲人は赤や黄色の一重咲きのチューリップにカスミソウ、蕾はオレンジのカーネーションにピンクのスイートピーと、誰もが知っていて明るく華やかなものを選んでみた。

「蕾ちゃんとツーショットとか、なんだか緊張するね」

隣の咲人に小声でそう囁かれ、蕾は危うく花を取り落としかけた。それはこちらの台詞である。ただでさえ咲人に対しては、今までの積み重ねや例の夢のこともあって、油断すると心音が煩くなってしまうというのに。

狼狽する蕾の様子に気づいているのかいないのか、咲人はそのまま内緒話をするように、葉介のカメラの準備が整うまで蕾にこそこそと話しかける。

「来週の金曜日は、蕾ちゃんはバイトお休みだよね？　その日はもう予定あるかな？」

「金曜日は特にありませんが……」

「それならさ、俺とお花見に行かない？」

「さ、咲人さんとお花見ですかっ？」

予想外のお誘いに、蕾の心臓は盛大に跳ねた。

「開花発表をニュースで見たんだ。せっかくだから蕾ちゃんと一緒に行きたいなって。父さんに許可を取って、午前中だけ俺も休みをもらってさ。そんな遠い場所じゃないから歩きで。……もし暇なら、俺とサクラを見にお出かけしない？」

咲人とふたりでどこかに出かけるのは、蕾は決して初めてではない。それでも冷静さを保つなどは不可能で、「え、ええっと」と花を抱いたまましどろもどろになる。

「嫌かな？」

「そんなわけありません！　ぜひご同行させてください！」

考えるより先に勝手に口から出た返事に、蕾は「ご同行って……従者かなにかみたいだ」と自分の言葉チョイスに頭を抱える。もっと気の利いた返事がしたかった。

だが咲人は気にした風もなく、嬉しそうに「じゃあ来週の金曜日の十時に、わかりやすくお店の前集合でいい？」と尋ねてくる。

「わかりました、十時にお店の前ですね！」

「うん。楽しみだね、お花見」

「は、はい！」

「……話は終わったか？　三、二、一で撮るからな」

咲人と約束を交わしたところで、カメラのセットを終えた葉介の合図で、正面を向いて切り替えて笑顔をつくる。カシャッと軽快なシャッター音が鳴った。葉介はカメラで撮った写真を液晶画面で確認して、「ふむ」と満足気に頷いている。どうやら一発成功らしい。

「念のため、横並びのツーショット以外にもいろいろ撮っておこう。次は店内の様子もわかりやすいよう、アンティーク家具や小物類も入る場所がいいな。切り花じゃなく小振りの植木鉢も持ってみるか」

それから三人で場を変えアイテムを変え、お仕事中っぽい写真も何枚か撮影した。後程、撮ったデータを確認して、一番いいものをメールで添付して提出するようだ。

撮影会を終えたら、本日の通常業務が始まる。蕾は外の植木の花たちに水やりをするため、ふうと息をついて店を出る。

頭の中は咲人とのお花見のことでいっぱいだ。前に軽く「花見がしたい」という会話をしていたことを咲人が覚えていて、自分を誘ってくれたことが嬉しかった。まだ日はあるのに今から当日のことを思うとドキドキして、服はどれを着ていこうか、髪型はどうしようかなど、まるでデートの前日のようなことを考えながら足を踏み出したところで、イーゼルスタンドの横に立つ人影に気づいた。

「……ハヅキちゃん？」

「蕾さん！　よかった、会えた！」

そこにいたのは見慣れたセーラー服姿のハヅキだった。あれ、高校は？　と一瞬蕾は疑問を抱くが、ハヅキはすぐに、高校自体は春休みに入ったところだが、これから自分は部活に向かう途中なのだと説明してくれた。

水泳部は夏以外でも、こまめに陸上トレーニングをしているらしい。

「でも部活前にわざわざどうして……」

「あのね、バレンタインからだいぶ時間が経っちゃったけど……蕾さんに約束どおり、報告に来たの。思い立ったときにしときたくてさ」

バレンタインに報告といえば、耕司への告白の結果だ。蕾はさっきまでとはまた違うドキドキに襲われながら、ハヅキの言葉の続きを待つ。

ハヅキはチラッと背後の『コバト』に視線を送る。あちらはまだ店を開けておらず、入り口には古びたシャッターが下りていた。眉をハの字にして、ハヅキはへらりと笑う。

「うーんとね、簡単に言うとフラれちゃった」

「えっ……」

「ディップアートでハイビスカスのチャームをつくって、チョコと一緒に渡して告ったんだけどねー。やっぱり妹みたいにしか思えないって。玉砕《ぎょくさい》でした」

蕾はかける言葉に悩むが、ハヅキは存外あっさりとした態度で「まあ、それはもういいんだ」と言う。だが彼女がそれで耕司を諦めたわけではないことは、蕾には頭のハイビスカスを見ればわかる。

天に輝く太陽の日差しの中でも、ハヅキの耕司への恋心を表すハイビスカスは、いまだ鮮明な赤を湛えてはっきりと咲いている。

「わりと予想どおりだったしね。さすがにフラれたときはショックだったけど、一か月もあれば立ち直れたし。実はさっきまで、コウ先生と商店街の五十周年記念フェアに向けて、次はなにを企画するか話していたんだよー」

「そうなの……!?　でもあの……き、気まずくないの？」

「その段階も通り過ぎて、今はいつもどおり……でもないかな。私もいろいろと悩んだんだけど、フラれても諦めないことにしたから。前より積極的にアタック中なの。コウ先生も前とは違って意識してくれて、顔を赤くして慌ててくれたりするんだよ？　完全に脈がないわけじゃないと思うんだよね」

ハヅキはショートカットの髪を揺らし、「茉緒ちゃんも『あれは押せばイケる』って言ってくれたしー」と強かに微笑んでいる。前は乙女なハヅキを可愛いと感じた蕾だが、今は吹っ切れて突き進む彼女が、なんだかカッコよくて眩しい気がした。

圧倒されていると、急にずいっとハヅキが顔を近づけてくる。

「それで、今日は私の報告もあったけど、どっちかという蕾さんの背中を押しに来ました！」

「わ、私？」

ビクッと蕾はのけ反る。イーゼルスタンドの足が靴の踵にぶつかって、ガタリと鈍い音がアスファルトに響いた。

「ずばり、咲人さんとのことです！　いい加減見ていてじれったいので、さっさとくっついてもらえません？」

「へ、え、ちょ、え⁉」

いきなり自分と咲人の話を振られて、蕾はパニックになる。

「待って、まず待って！　私はその、咲人さんのことはただの憧れの先輩で……」

「あー、まずはそこからですか。あんな完璧王子様相手だと、自信ない系女子の蕾さんじゃ、憧れって気持ちが先に来ちゃうのもわかりますけど……」

やれやれと、ハヅキはやけに大人びた仕草で肩を竦《すく》めている。蕾の方が年上で、どちらかというと普段のハヅキは顔立ちや言動は幼い印象のはずなのに、一皮剝《む》けたゆえか謎の風格があった。

いいですか？　と、彼女は蕾ににじり寄る。

「憧れだけじゃ済まない気持ち、絶対に今まであったはずですよ？　蕾さんは自分を見つめ直してください。そして行動！　私の見立てだと、咲人さんも絶対に蕾さんに気がありますよ。蕾さんが動けば、きっと花開きます」

『己を見つめ直し、自ら行動せよ。さすれば花開く』

おみくじにあった文面とまったく同じ忠告をするハヅキに、蕾は意味をかみ砕く間もなく、面くらってばかりだ。ぐわっと捲し立てられて、ついていけていないと言ってもいい。

それでも知らず知らず、蕾は開花を控えた胸のツボミに手を添える。

「蕾さんも咲人さんも、私から見たら慎重すぎるんですよね。普段から繊細なお花を扱うせいかなーふたりとも。周りからしたらバレバレやきもきじれじれですよ！」

「擬音語繋げすぎてわけわからないよ、ハヅキちゃん……！」

「とにかく！　私は全面的におふたりを応援していますから！　そっちはいい報告、聞かせてくださいね！」

では！　と、ハヅキは制服のスカートを翻《ひるがえ》して駆け出す。そんな彼女の頭上で、小鳥がチチッと鳴いた。最後にくるりと振り返って、ハヅキは「いつか私もいい報告持ってきますからー！」と言い残し、軽い足取りで去っていった。

彼女の言わんとしていることは要所要所で理解できたし、背中を押されていることもわかったが、蕾は置いてけぼりをくらった気分だ。

景色に溶けたハイビスカスを見届けて、胸に残ったフレーズをポツリと呟く。

「自分を見つめ直せ。そうすればきっと花開く、かあ……」

※

自室の全身鏡の前で、蕾はもう小一時間ほど悩んでいた。

本日は約束の金曜日。早起きして身支度にかかったはいいが、着替えに髪のセットに化粧まで終えても、本当にこの格好で咲人との花見に臨んでいいものか、何度も鏡の前で確認してしまう。

花モチーフの白レースが軽やかな、ロング丈のプリーツスカート。トップスは袖がふんわりとした仕様のブルーニットで、どちらも蕾のお気に入りだ。春らしい柔らかな印象のコーディネートで、全体のバランスは悪くないはずである。

「服装はこれで大丈夫、だよね。そもそもこのリボンに合わせた服だし……」

これも何度目かわからない自問自答をしながら、蕾は顔を傾けて、結んだリボンを鏡に映す。

今日の髪型はいつもと同じハーフアップだが、髪を括る白地にピンクの小花柄のリボンは、咲人から一昨日のホワイトデーにもらったバレンタインのお返しである。

お返しは仕事の休憩時間になんでもない調子で「はい」と渡されて、蕾は目を白黒させたものだ。その日がホワイトデーのことは知っていたし、律儀な咲人が宣言どおりきっちりお返しを用意することも想定内ではあった。だが渡された品が、チョコをくれた奥様がたに咲人が渡していたものと違っていたのだ。

他の人には、センスのいい小箱に入ったお菓子の詰め合わせだった。だが蕾が受け取ったのはメルヘンチックな柄のラッピング袋で、そろそろと開けると、好みにストライクなこのリボンが入っていたわけである。

咲人曰く、蕾に似合いそうだからと選んだらしいが、そういえば彼はちょうどこのリボンの柄のような、淡いピンクの花が蕾のイメージだなんだとも言っていた。

なにはともあれ、もらったその瞬間から、今日はこのリボンをしていくことは決定事項となった。……つけているところを、単純にここぞというところで、咲人に見せたかったのだ。

「リ、リボンも問題ないよね」

若干よれていたところを直して、蕾はよしと頷く。我ながら気合を入れすぎというか、浮足立っている自覚はあったが、そわそわとした気持ちはそれでもまだ落ち着かない。

結局、出かける時間ギリギリまで、蕾は鏡に張りついていた。

「わあ！」

はらり、と淡く色づく桃色の花びらが、春を纏って落ちてくる。道の両脇には桜の木がずらりと並ぶ、見事な桜並木だ。雄大に枝葉を広げた桜の木は、見上げると澄み渡った青空を覆い、ピンクの雲が浮かんでいるようにも見える。

そのどこか浮世離れした光景に、蕾はすっかり魅了されてしまった。

「満開ですね、咲人さん！　すっごく綺麗に咲いています！」

「うん。まさにお花見日和だね」

上ばかり見て歩く蕾の横で、咲人は「転ばないように、足元に気をつけてね」と微笑ましそうに目を細める。

蕾と咲人は定刻どおり花屋『ゆめゆめ』の前で待ち合わせをして、徒歩で街一番の大きさを誇る公園にやって来ていた。

ちなみに『ゆめゆめ』前で落ち合ったタイミングで、蕾たちは『コバト』から出て来た耕司とハヅキにばったり遭遇した。ハヅキは私服だったので、今日は部活も休みらしい。聞いたとおりハヅキは耕司に押せ押せな態度で、耕司は参りながらも本気で嫌がってはいないように蕾の目には映った。

耕司の腕にはまだ、過去を宿す秋色のキンモクセイが咲いていたけれど。夏色のハイビスカスが新しく咲いて、ハヅキが粘り勝ちする日も近いかもしれない。

また同時に咲人とのお出かけもハヅキにバレたので、ものすごくいい顔で親指を立てられてしまった。

……ハヅキの言うように、蕾だって自分を見つめ直す時間とやらを取ろうとはしたのだ。しかし、迫り来るキャッチコピーの〆切りに意識を取られていたため、あらたまって考える余裕がなかった。こちらも候補は何個か出せても、やはり「これだ！」というものが生み出せずに苦悩している。

ついでに本日のお出かけの格好にもずっと悩んでいたため、ここ数日間の蕾は、別のことで終始脳みそを稼働させていた。

格好はなんとかなっても、キャッチコピーも自己の見つめ直しも停滞中だ。

胸の隅っこにわだかまりを残したまま、今日ここにやってきた蕾であったが……。

「ここのサクラは、全部ソメイヨシノですね。さすが日本全国のサクラの約八割が、ソメイヨシノなだけあります！」

「ヤマザクラとかの自生種もあるけど、ソメイヨシノは園芸品種だね。もとになる木から人の手で接ぎ木して広まったサクラで、基本的に個体差がないから、同じ地域のソメイヨシノは一斉に咲いて一斉に散るんだよ。蕾ちゃんなら知っている知識だったかな？」

「はい！　散るときの花吹雪もまた綺麗なんですよね」

「日本人は儚《はかな》いものに美しさを見出すからね。サクラは散ってこそ、ってところもあるよ。こういう満開のサクラを満喫するのも粋だけどね」

咲人がそっと手を伸ばせば、そこに花弁が狙ったように着地する。薄ピンクの花弁を長い指先で摘まみ、ふふっと笑う咲人に、蕾もつられて笑みを浮かべる。

咲人とこうして花を愛でながら話をしていると、どんな悩みもいったん忘れて肩の力を抜くことができる。……その悩みの一端は咲人のことなので、おかしな話でもあるのだが。それでも咲人といると、不思議とホッとするのだ。

「言い忘れていたけどそのリボン、つけてくれたんだね。やっぱり俺の思ったとおり、とっても似合っているよ」

「そ、そうですか？」

蕾は頬を赤らめてパッと頭に手をやる。「今日の服とも合っているね」と咲人に褒められて、蕾はコーディネートを頑張ってよかったと、密かに安堵した。

「その、咲人さんの私服も、えっと、相変わらずカッコいいです！」

「そうかな？　ありがとう」

勇気を出して蕾も心からの賛辞を贈れば、咲人は心なしか照れたようにはにかむ。

咲人の格好は、下は黒のスキニーパンツ、上は白シャツにグレーのテーラードジャケットを合わせた清潔感の漂うスタイルで、通りすがりの女性陣の目を惹いていた。

公園は広いが平日の昼でも人はチラホラいて、咲人に目を奪われていた買い物袋を提げた主婦、本格的なカメラを構えてサクラを撮る男性、犬の散歩をしている老夫婦、木の下にレジャーシートを敷いてドンチャン騒ぎをする大学生などさまざまだ。

蕾はちょいちょいと指先でリボンを直しながら、そんな人々を横目で観察していたが、すでに体にサクラの花を咲かせている人を三人も発見した。咲いている箇所はバラバラだが、さすがは日本人にもっとも愛されている花。高確率で見つかる。

体にサクラを咲かせた人が、本物のサクラを見上げる図に、蕾はついつい笑い声をこぼしてしまう。人という小さな木に、サクラの花がついているようにも見えたのだ。

「どうかした、蕾ちゃん？」

「いえ……サクラに想い入れのある人って、あらためて多いんだなあと思いまして」

見ていて楽しいです、と咲人に言えば、彼は急に立ち止まってじっと周囲に視線を走らせる。

「さ、咲人さん？」

「いや、俺にも蕾ちゃんみたいに、人に咲く花が見えないかなーって。見えたらすてきだなって、前々からチャレンジしているんだけど……」

うーんと彼は肩を竦める。

「無理そうだね、俺の目にはサクラは本物しか映らないいな」

「ははっ……」

ちょっと残念そうに、だけど楽しそうに「蕾ちゃんの能力は、やっぱり蕾ちゃんだけのものだね」と呟いて、咲人は歩みを再開する。彼の柔らかな茶色の髪を掠めるように、花弁がくるくると宙を舞う。

〝体のドコカに咲く想い入れのある花が見える〟なんて、このいまいち使いどころに困る微妙な能力を、ここまで高く評価してあまつさえ羨ましがるような人は、きっと咲人くらいだろうなあと蕾は苦笑する。

そんな咲人相手だから、能力のことを明かしたわけだが。

「蕾ちゃん、あそこのベンチで少し休憩しない？　ちょうど空いているよ」

「あ、いいですね」

サクラの木と木の間に、忘れ去られたようにポツンとふたりがけのベンチがあった。積もっていた花弁や葉をサッと払って、蕾と咲人は並んで腰かける。

片手でずっと持っていたビニール袋を掲げて、咲人は「これ、今食べちゃう？」と蕾に問いかける。中身は陽菜の店のハニーパンだ。陳列すれば瞬く間に売り切れる看板商品で、蕾の好物である。

商店街を抜ける途中で『おひさまベーカリー』の前を通ったら、たまたま店先の掃除をしていた陽菜に目撃され、「若いふたりでお出かけなんていいわねぇ。これ、よかったら食べてちょうだい」と強引に渡されたのだ。陽菜はなにを勘違いしたのか、蕾に向けて「頑張んなさいよ！」と言わんばかりにものすごくいい顔で親指を立てた。とてもデジャヴュだった。

「……せっかくもらったので、ここで頂きます」

「じゃあ俺もひとつもらおうかな。このパン、前にお花しりとりで勝って蕾ちゃんに奢ってもらってから、俺もハマっちゃってさ」

「あの私がまったく歯が立たなかったしりとりとり勝負ですね……！」

お花しりとりとは、ただ花の名前でしりとりをするだけのことだが、ちょっとした暇潰しに咲人と蕾は一勝負したことがあった。勝った方が好きなパンを奢る約束で、咲人が完膚《かんぷ》なきまでに圧勝。「じゃあ蕾ちゃんのおすすめで」と彼が言ったので、蕾は敗者としてハニーパンを彼に献上したわけである。

「でもたしかに私がパンを奢りましたけど、そのあとに咲人さんが自販機でお茶を奢ってくれたじゃないですか。なんか引き分けみたいな結末でしたよ」

「だって甘いものを食べたら飲み物はいるでしょ？」

「それはそうなんですが、なんか違うといいますか……」

「そんなわけで、はいこれどうぞ」

肩に引っかけていたメンズリュックから、咲人はミニサイズのペットボトルのお茶を二本取り出した。深緑色のパッケージに包まれた緑茶だ。

一本を気軽に差し出され、蕾は戸惑う。

「こ、このお茶はいつの間に……」

「待ち合わせに向かう途中で買っておいたんだ。お花見だし、飲み物くらいはいるかなって。思いがけず陽菜さんからパンをもらえたから、選択は正解だったね」

どこまでも用意のいい咲人に、蕾はまた奢られてしまった……と恐縮しつつも、ここは素直に受け取っておいた。「あ、ありがとうございます」とペットボトルを手にして告げれば、「どういたしまして」と咲人は微笑む。

他愛のない会話を合間に挟みつつ、ふたりはベンチの背に凭《もた》れて一緒にパンを食べた。ハニーパンは丸く表面はカリッとしていて、一口かじると蜂蜜の風味がまろやかに舌先に広がる。蕾はその絶妙な甘さを堪能し、なんか幸せだなあと空を仰いだ。

吹く風は暖かく、目前に広がる景観は咲き誇るサクラの木。咲人と蕾の間に流れる空気はどこまでも穏やかだ。

パンを半分まで食べたところで、咲人があらたまって口を開く。

「蕾ちゃんには、お礼と謝らないといけないことがたくさんあるんだ。まずは今日、俺に付き合ってくれてありがとうね。どうしても満開のサクラを、今日この日に蕾ちゃんと見たくてさ」

「え⁉　い、いえ、私こそ、お誘い頂き嬉しかったです！」

「それと、キャッチコピーの件。すごく真剣に考えてくれているよね？　押し付けるような形になったのに……本当にごめんね」

「そ、それも、私が好きで引き受けたことなので……」

蕾は手元の食べかけのパンに視線を落とす。蕾にしてみたら、咲人から礼も謝罪もされる理由はない。むしろこちらがいつも仕事で助けてくれてありがとうと、言いたいくらいだ。

「……蕾ちゃんは、いつも一生懸命だね。知っていた？　実は今日が、蕾ちゃんが『ゆめゆめ』で俺と面接した日なんだよ」

「え⁉」

そうなのかと、蕾は予想外の事実に驚いた。ついこの前も、蕾が『ゆめゆめ』に来てもうすぐ一年になる……という話をしていたが、本日が運命の面接日だったとは。

「業務日誌にも書いてあったからね。『今日は募集一日目で、バイトの面接に来た子がいた』って」

「な、なんか恥ずかしいですね……」

『ゆめゆめ』の業務日誌は、蕾が来る前までは葉介と咲人が日替わりでつけていた。今では三人で回しているものだが、咲人は数日前の自分の番のときに読み返し、その日のページを見つけたらしい。

「そのあとに『まさかのあの自転車の子！』って続いていたよ。俺たちの本当の出会いは、今日みたいな暖かい春じゃなくて、アガパンサスの咲く暑い夏だしね」

飛び出た花の名前に、蕾はパンをかじりつつ横目で咲人の胸元を窺う。淡い紫の花をいくつも咲かせる、楚々とした趣のアガパンサス。この一年、蕾がずっと彼の胸の上に咲くのを見てきた花だ。

「あの出会いから再会して、蕾ちゃんがうちで働くようになって……能力を聞かされたときはびっくりしたけど」

「……咲人さん、びっくりしていましたっけ？」

思い返してみるが、咲人は平然としていた気がする。むしろあっさり信じてもらえたことに、びっくりさせられたのは蕾の方だ。

「驚いたよ、当然。でも能力が戻って本当によかったね」

「そうですね……咲人さんに咲くアガパンサスを見て、一気に肩の力が抜けましたもん。そのあとに、なんでか私の胸にも正体不明のツボミが生えてしまって」

「すてきなサプライズだったよね。蕾ちゃんのツボミ、早く咲いてほしいなあ。俺に一番に教えてくれる約束だもんね。きっと綺麗な花が咲くに違いないよ。どんな花が咲くんだろう」

「さ、咲きかけてはいるんですが……私のツボミは他の人とは違うようなので……」

そこでふと、蕾は自分の胸にもツボミが生まれた経緯を、今さらながらに辿ってみる。奇しくもハヅキやおみくじの忠告のように、自分を見つめ直す形だ。見つめ直しているのは蕾のツボミだが。

原因は単に体調不良だったが急に花が見えなくなって、それで存外、いらないと思っていた能力が自分には欠かせないものになっていたと気づいて。気落ちしていたときに、咲人にすべてを赤裸々に語ったら、とても気持ちが軽くなって。彼がなんでもないことのように口にした、「蕾ちゃんは花を見るだけじゃなくて、花屋として花を咲かす側になったんだよ」という言葉にも救われた。

それから……そう、あの夢を見たのだ。

咲人の出てくる夢。

そして胸のツボミから咲きかけている、この花は——。

「っと、そろそろ俺、店に戻らないといけないいな」

「え……」

蕾がはっきりとその〝答え〟を出す前に、咲人が腕時計を見て小さく呟いた。まったりとしていたら、あっという間に時は経っていたようだ。一日お休みの蕾とは違って、咲人は店を葉介ひとりに預けて来ている。これから店へと戻るらしい。

「今度は店の休業日に、父さんも入れて本格的なお花見をしようか。さっきの大学生たちみたいにレジャーシートを持ってきて、お弁当なんかも準備して」

「いいですね！　それなら私、お弁当つくります！」

「本当？　それは楽しみだな」

笑い合いながらふたりで残りのパンを食べ、ゆっくりとベンチから立ち上がる。この穏やかな空間にもっと浸っていたかったが、いよいよもってお開きの時間である。

「蕾ちゃんは家に帰るんだよね？　商店街のアーケードのところまで一緒に戻ろうか」

咲人の言葉に従って、蕾は名残り惜しく思いつつも、サクラ並木の間を通り抜けて来た道を戻る。

行きと同じ道のはずなのに、気分がどこか風船のようにふわふわしているせいか、景色がまったく違って見えた。どこもかしこも、行きよりなんだかキラキラしている。

「じゃあ、また明日。お店でね」

「……はい」

アーケードで手を振って別れる際、咲人の胸で咲くアガパンサスが、まるで蕾に摑みかけた答えを促すように揺れた気がした。

ただいまと家に帰ると、蕾は辛うじてリボンだけを外し、服はそのままにボフッと自室のベッドに転がった。部屋は電気をつけなくても十分に明るい。窓から差し込む黄色い陽が、白いシーツに光の模様をつくっている。

「ふう……」

仰向けで天井を拝みながら、咲人とつい先程サクラの木の下で交わした会話を、蕾は頭の中で何度もリピートさせる。

お昼の時間は過ぎているにもかかわらずパンひとつしか食べていないが、お腹はあまり空いていない。頭を預けている枕のすぐ横には、白紙のルーズリーフとボールペンが無造作に横たわっている。昨夜、寝転がりながらキャッチコピーを考えていた名残りだ。

目を瞑《つぶ》れば蘇るのは、咲人の見る者を安心させる笑顔。色づくサクラの中で、普段のお店の中で、例の夢の中で、蕾に優しく微笑みかけるあの笑顔だ。

そのまま、蕾はうとうとと眠りに落ちていく。昨晩は遅くまでキャッチコピーを考えていて、かつ今日は咲人とのお出かけのために気合いを入れて早起きしたのだ。不足していた睡眠欲が、一気に蕾に襲いかかる。

——そして、蕾はまたあの夢を見た。

見慣れた花屋『ゆめゆめ』の店頭。お客を待つ色とりどりの花たち。綺麗な笑みを浮かべて佇む咲人。

これで見るのは三度目になる夢は、ここまでは今までと変わらない。だけどひとつだけ違うのは、咲人がなにかを指し示すように、空いている片手で己の胸を指先でつついていることだ。それはまるで、蕾になにかを促しているみたいで……。

咲人の指の動きに合わせて、複数の花を花火のように咲かせるアガパンサスが、ふわりと揺れる。どこまでも優しく、彼が自分の名前を呼んだ気がした。

そこで、蕾はハッと目が覚める。

「今の夢って、もしかして……」

軽いうたた寝のはずが、ベッドに落ちる陽の色は、知らぬ間に黄色から橙色《だいだい》に変わっていた。そのことに驚きつつ、蕾はベッドから降りて全身鏡の前に立つ。花見に出かける前に何度も覗いた鏡の中には、起き抜けで寝癖のついた、まだ夢現《ゆめうつつ》といった様子の自分の姿が映っていた。

そんな蕾の胸元には……完全に開き切ってはいないが、たしかに花が咲いている。

花の色は『ゆめゆめ』のイメージカラーでもあるピンク。その淡い色合いは、彼のいつも身につけているエプロンの色によく似ていた。

「ああ、そっか」

どうして〝この花〟が自分に咲いたのか。

その理由が、蕾にはたった今わかってしまった。

「……咲人さんに、約束どおり教えに行かなきゃ」

耳奥に「咲いたら俺に一番に教えてね」と、何度も念を押していた咲人の声が蘇る。

今の蕾は不思議な高揚感に駆られていた。ちょうど花の咲いているあたり、胸の真ん中が熱を持って、そこから体中にアドレナリンらしきものが巡っているみたいだ。ドクドクと気持ちが逸《はや》って、じっとしていられない。

この胸に咲いた花のことも、しっかり自覚したこの気持ちも……今すぐ彼に伝えに行かなくては。

ただただ、行かなくちゃ伝えなくちゃと、湧きあがる騒がしい衝動に突き動かされる。

『自ら行動せよ』というハヅキとおみくじの言葉が、蕾の忙しない気持ちに拍車を駆けた。

「よし」と息巻いて、蕾は素早く身形を整える。

ついでにやけに冴え渡っている頭で、ルーズリーフとペンを摑んで、閃いたキャッチコピーを机の上で走り書きした。

「うん、いいのができた」

斜めに踊る文字を読み返して頷く。

ようやくこれしかないと思える、花屋『ゆめゆめ』にピッタリな謳い文句ができあがった。

蕾はいてもたってもいられず、ルーズリーフを仕事用のトートバッグに突っ込んで部屋を飛び出す。こんなに衝動的に行動することは、普段はどちらかというとおとなしい性格の蕾にしては珍しい。

「お、なんだ、どっか行くのか？　こんな時間から急いでどこに……」

「お兄ちゃん、私の自転車ってまだ片付けてない⁉」

「は、自転車？」

ドアを開けたら、向かいの部屋から出てくる幹也と鉢合わせした。漫画を片手にきょとんとする彼に、蕾は再度同じ問いかけをする。

今すぐ『ゆめゆめ』に行って咲人に会いたいのに、想像以上に長い時間寝落ちしていたため、もう店じまいの時間が迫っていた。明日のバイトのときにでも言えばいいのでは？　と、通常時の蕾なら諦めるところだが、今このときばかりだけは、勢いに身を任せて突っ走りたかった。

徒歩では無理でも、自転車で走ればなんとか間に合うかもしれない。

「お前の自転車なら、まだ倉庫に入れずに家の裏に停めてあるけど……」

「わかった！」

蕾は一目散に玄関へと向かう。なにやら必死な妹の背に向けて、頭にサボテンを咲かせた兄は、「よくわかんねぇけど気をつけろよー」とのんびり声をかけた。


家の裏の物干し竿のそばに置かれていた蕾の自転車は、もとは綺麗な新緑色だったが、今は褪《あ》せてところどころ錆びついている。見るからに年季が入った代物だ。

しかし、幹也が自転車屋さんでメンテナンスをしてくれたおかげで、タイヤの空気もブレーキも問題ない。カチッと、鍵をさし込んでロックを解除する。鍵には高校時代、蕾が好きだったウサギモチーフのマスコットがついていて、布製のそれは、糸がほつれてボロボロだった。ウサギの足がプラプラ宙を泳ぐ。

今さらながら、大学のサークルメンバーにこの自転車と鍵を披露して、幹也が笑われなかったかなと蕾は心配になった。

「私は乗れればいいけど……っと」

スカートだがこの際気にせずサドルに跨がり、トートバッグは前のカゴに放り込む。足にぐっと力を入れてペダルをこげば、車輪がくるくる回り、ひどく懐かしい感覚に襲われた。

逸る熱をまだ持て余したまま、蕾は風を切って走り出す。

久しぶりの自転車に乗って見る夕暮れの風景は、また違った町の顔を蕾に見せた。街路樹も家々の屋根もオレンジに染まって、どこかノスタルジックな町並みがどんどん通り過ぎていく。

今度から晴れた日は自転車通勤でもいいかもなんてことを、頭の端っこで考えながら、ペダルをこぎ続けて商店街のアーケードを抜ける。人の波が引いた商店街は、賑やかさが成りを潜めて静かだ。どこもシャッターを下ろし始め、一日の仕事を終えて店は眠りにつく準備をしていた。

日が完全に落ちた頃に、蕾はなんとか無事に花屋『ゆめゆめ』へと辿り着く。蕾は、キキィッと音を立てて自転車を止めながら、いつかの黒歴史のように、チェーンが外れてがっしゃん！　などということにはならなくて、心底よかったと胸を撫でおろす。

「……蕾？　どうした、もう店は閉めるとこだぞ」

店先には葉介がいて、ドアの取っ手に『Close』の札をかけようとしているところだった。店頭の花は鉢物もすべて中にしまわれたあとで、本当に滑り込みだったようだ。自転車を邪魔にならないよう店の脇に停めて、蕾は葉介の前に走り寄る。

「お疲れ様です、店長！　じ、実はその、咲人さんにどうしても早くお話ししたいことがありまして……。あ、でもその前に店長にもこれを……私の考えた、お店のキャッチコピーです」

わたわたとしながら、蕾はバッグから折れ曲がったルーズリーフを出して葉介に見せる。訝《いぶか》しげな顔で受け取った葉介は、じっくりとそこに書かれた文字を眺めていたが、程なくして「いいじゃねぇか」と感心したように言った。

「本当ですか⁉」

「ああ。商店街の小さい花屋らしい素朴な感じで、シンプルでわかりやすいしな。響きもいい。これを採用だ。……で、咲人に話したいことだったか」

察しのいい葉介は、蕾の様子を見てなにかに気づいたのだろう。深くは聞かず、「咲人は中でレジ締めをしているぞ」とだけ教えてくれた。

「俺はしばらく店回りの掃き掃除でもしている……まあ頑張れよ」

「は、はい」

さらには気を遣ってふたりにしてくれる葉介に、蕾はもう頭があがらない。葉介の太股に咲くピンクのチューリップに送り出され、締め切ったドアを開けて店内に入る。

咲人はもうレジ締めは終えたようで、カウンターで資材の整理をしていた。作業台の上には花を彩るための、さまざまな種類のペーパーやリボンが広がっている。店の営業は終了しても、ドアベルはちゃんと役割を遂行して、涼やかな音を店内に奏でた。

咲人が「ん？」と顔を上げる。

ばっちり彼と目が合って、蕾の心臓は大きく跳ねる。

「あれ、蕾ちゃん？」

「き、急に来てすみません。咲人さんにお伝えしたいことがあって……えっと」

昼に外で会ったときの私服の咲人と、店で会うピンクのエプロン姿の咲人では、受ける印象が些か異なる。蕾にとっては後者の方が見慣れた姿のはずだが、今はこれから告げようと思っている内容のせいもあって、その姿が先程から心臓をうるさく高鳴らせる。

深呼吸して、昂《たかぶ》る気持ちを一旦抑え込む。

「まずは……悩んでいたキャッチコピーができたんです。店長にもさっきOKをもらったんですが、咲人さんにも確認してもらえたらと……」

葉介に見せたように、カウンター越しにルーズリーフを差し出せば、咲人はどれどれと覗き込んでくる。

「〝あなたに花を咲かせる、夢見る花屋『ゆめゆめ』〟……へえ、いいね。可愛いし、メッセージ性っていうのかな？　そんなのがあって」

「……その〝あなたに花を咲かせる〟っていうのは、咲人さんの言葉から取ったんです」

「俺の？」

こくり、と蕾は頷く。〝夢見る〟というフレーズは例の夢から着想を得た部分だが、前半は以前、咲人が蕾に贈ってくれた言葉そのままだ。

「私の能力が消えたとき、私は花を咲かせる側になったから、人に咲く花が見えなくなったんじゃないかって……花屋さんは、人の心のドコカに花を咲かせる仕事だからって」

「ああ、たしかに言ったね！　覚えていてくれたんだ」

「それを聞いて、気分がなんというかこう、楽になったので……！」

蕾はルーズリーフを咲人から返してもらい、小さく折り畳んでバッグにしまう。葉介に続いて咲人にも好感触でよかったと、ひとまずは安堵した。

「でももとが俺の言葉だとしても、キャッチコピーにアレンジしたのは蕾ちゃんだからね。すごくいいよ、ありがとう。父さんもだけど、なんとなく母さんが好きそうな感じもするし」

「香織さんがですか……？」

「うん。『ゆめゆめ』も母さん命名なんだけど、このキャッチコピーと店名がマッチしているよね」

咲人は余程気に入ったのか、「あなたに花を咲かせる、夢見る花屋かあ」と歌うように口にしている。

花屋『ゆめゆめ』は、もう亡くなってしまった香織が立ち上げて、葉介と咲人が守ってきたお店だ。彼等に加え、ここにはいない香織にもキャッチコピーを気に入ってもらえた気がして、蕾は胸がいっぱいになった。

「それにしても……このキャッチコピーを伝えるために、わざわざ店まで来てくれたの？　無理しなくても、明日でよかったのに」

「あ、い、いえ、それだけでは！」

むしろ蕾にとってはここからが本番である。

咲人は首を傾げながら、「それに、もしかして自転車で来た？」と尋ねてくる。店前に自転車を勢いよく止めたときの音でわかったようだ。

蕾がおずおずと首肯すれば、咲人は口元に手を添えて軽やかな笑い声を立てる。その一挙一動、刹那の表情にも、蕾の胸は簡単に高鳴って、自覚した彼への感情を思い知らされてしまう。

「自転車で店に来る蕾ちゃんって、なんだか出会いを思い出すね」

「……私としては、あの出来事はぜひ忘れてほしいのですが」

「ごめんね、忘れるのはきっと一生無理だよ」

たぶん私も一生無理ですと、声にはせずに同意して、蕾はきゅっと拳を握る。蕾の決意を応援するように、店内の花々からは包み込むかのような優しい香りがした。

一度視線を下げて己の胸元を確認すれば、そこにはたしかに〝あの花〟が咲いている。

「あとですね……私のツボミの花はまだ開花途中ですが、その花がなんの花か、咲いた理由とあわせてわかったので、咲人さんに報告しに来たんです」

「え⁉　蕾ちゃんの花が⁉」

勇気を出して告げれば、咲人は蕾の想定どおり、大袈裟に食いついてカウンターに身を乗り出した。あまりの勢いに、リボンの切れ端が蕾の足元にひらりと落ちてきたが、咲人は気づかず、「なんて名前？　何科の花？　開花期はいつ？　どんな色をしているの？」と矢継ぎ早に質問して、明らかにテンションをあげている。

さすがは花バカだなあと、蕾はなんだかほんわりして、一瞬だけ肩の力が抜けた。

柔和な瞳は無邪気に輝いており、その目にもこの胸の花を映せたらいいのにと思いながら、蕾は意を決して口にする。

「私の胸に咲いているのは、アガパンサスです」

「え……？」

「ピンク色の……咲人さんと、同じ花ですよ」

そう蕾が微笑むと、滅多に見られないだろう、誰もが認める完璧イケメンな咲人が、目を丸くして間の抜けた顔をした。「俺と同じ……？」と呆けたように呟く咲人に、蕾は遅れてやってきた熱に耳まで火照《ほて》らせつつ、なんとか羞恥に耐えて話を続ける。

「……私にとって、アガパンサスといえば咲人さんの花です。ピンクになったのは、ピンクエプロンを身につけた咲人さんの胸に咲いているところを、ずっと見てきたからじゃないかと思います。……それで、ですね」

言葉を切って、息をゆっくりと吸って吐く。

頭の中には、いろんな人の体のドコカに咲いていた花が、まるでひとつの大きな花束のようになって浮かんでいる。

「私のツボミは特殊ですが、その花に〝想い〟があるのは他の人と一緒なんですよ。だから……私の大切な想いは、この花にあります」

そっと、蕾は花を包むように胸元に手を当てた。

これだけで、咲人には伝わっただろうか。もっとはっきりとした言葉が必要だろうか。でも彼なら当然知っているだろう――アガパンサスがその花名の由来から愛を表す花で、花言葉が『恋の訪れ』ということくらい。

「私、この花屋『ゆめゆめ』に来て、花は本当に優しい存在なんだなって思いました。花は人に優しさをお裾分けできちゃうんです。すごいなって……そしてそんな花をとっても大事にしていて、たまに天然ですけど、人と花の縁を笑顔で繋いじゃう咲人さんが、私は、その……」

蕾はもごもごと口ごもる。他にも言いたいことは山ほどあったが、これ以上言葉にしたら気恥ずかしさの許容量を超えそうだ。実を言うならばこの花の正体に気づき始めていたときから、ずっとパーンと破裂しそうだったのだ。

花屋で働く楽しさや難しさを教えてくれたのも。

蕾の能力を肯定してくれたのも。

人に優しい花が好きだなとあらためて思わせてくれたのも。

全部、目の前の彼である。

「わ、私はその、咲人さんが……っ」

「待って」

いきなりかかったストップに、蕾は俯いていた顔をあげて目を瞬かせる。咲人は片手で顔を押さえていて、はっきりと表情は窺えないが、覗く頬や耳は心なしかほんのり赤みを帯びていた。

「ごめん、待って。それ以上先に言われたら、男として負けた気になるというか……ちょっと、俺に場を譲ってくれないかな？」

かなりレアだろう、弱々しくそう懇願する咲人に、蕾は反射的に「は、はい！」と頷いて口を閉じた。顔を伏せて数秒後、咲人は「よし」と小声で呟き、立て直していつもどおりのフローラル王子然とした彼に戻る。

だけど彼の胸に咲く紫のアガパンサスは、まだ拭いきれない動揺を体現するかのように、ふわふわと忙しなく揺れている。色違いのお揃いだなと感じて、蕾はまた恥ずかしくなった。

「……蕾ちゃんはさ、その能力でいろんな人に咲く花を見て、そこに込められた大切な想いに、いっぱい触れてきたと思うんだ。今までも、きっとこれからも。蕾ちゃんはまだまだ、花を咲かせる人とたくさん出会うだろうね」

「……はい」

「花屋として人に花を咲かせることもあるだろうし。お花見のときにも言ったけど、それが俺にとってはすごく羨ましいよ。心からすてきなことだと思う」

澄んだ音を紡ぐ咲人の声は、蕾の鼓膜を震わせて、花とアンティーク家具が並ぶ店内にじんわりと溶けていく。

彼はカウンターに手をついて、真っ直ぐに蕾だけを見つめている。蕾も目が逸らせない。

「でも、人の心に違和感なく寄り添える蕾ちゃんだからこそ、誰かの想いが込められた花が見えるんだろうなとも思う。……俺の胸に咲くアガパンサスはね、そんないつだって自然体で優しくて、たまに自信がなくて、でも頑張り屋さんで、人と花のことが大好きな女の子に関係する花なんだ」

「それって……」

咲人がふわりと笑えば、胸のアガパンサスも柔らかに微笑んだ気がした。春を見送り夏を待つその花は、今は惜しみなく彼の気持ちを語っている。

そして咲人は、見惚れるほど綺麗な笑顔で問いかけた。

「ねえ、蕾ちゃん。よかったら俺の胸のアガパンサスに纏わる話、聞いてくれる？」

エピローグ　夢見る花屋

街並みをピンク色に染めていたサクラが散り、梅雨が明ければ、夏はもうすぐそこだ。晴れた日はすっかり自転車通勤になった蕾は、軽快に車輪を走らせて、じわりと温度を上げてきた真昼の太陽の下を進む。自転車といえば過去の激突事故を思い出して、蕾にとっては因縁の乗り物であったが、胸のアガパンサスが咲いた今となっては、すべて彼とのいい思い出だ。

商店街の至るところには、ただ今開催中の『五十周年記念フェア』のチラシが貼られている。いろんなお店のアイテムが描かれた、目を楽しませる陽気なチラシ。これの制作者はなにを隠そう、商店街会長からぜひにと頼まれた、今向かっているバイト先の店長である。

「ふう……」

知り合いのお店の人や、花屋の常連さんなどにすれ違えば挨拶を交わしつつ、花屋『ゆめゆめ』に着いて蕾はブレーキをかける。

よいしょと自転車を運んで裏に置かせてもらってから、表の入り口の方に回った。裏口は空いていることもあるが、基本的には正面から出勤している。

木枝を組んだイーゼルスタンドに、ずれないように立てかけられたコルクボード。そこに貼られているのは当然、ここに来るまでに何度も目撃した記念フェアのチラシだ。ウッド調の棚には鉢物や切り花のバケツが並べられ、彩り豊かな光景が広がっている。おすまし顔で客引きをしている彼らは、すっかり夏色だった。

自分の胸元で満開に咲いている花と同じ、アガパンサスが生けられたバケツを視界に入れて、蕾はふふっと笑う。自分のピンクとは違い、バケツの花は彼の胸に咲いている淡い紫色だが、お揃いなことには間違いない。

「今年の夏祭りは、一緒に行く約束だもんね」

先日彼と交わした約束が嬉しくて、思わず口をついて出る。夏祭りだけではない。秋には紅葉を見て、冬には初詣に行って、春にはまたお花見に行く約束もしている。お花見は葉介も入れて『ゆめゆめ』メンバーで行く回と、ふたりでまた公園のベンチでぼんやりサクラを見上げる回との二回が予定済みだ。

四季折々を大切な人と過ごせる未来を思って、蕾の胸の花はふんわりと花弁を揺らす。そしてその日々に、季節を彩る花がいつだってそばにあれば、なんてことのない日常でも幸せだなあと頬が緩んだ。

「あ、あの、すみません。少しお聞きしたいのですが」

「はい？」

ピンクのオーニングテントが日差しを遮る中、棚の前で足を止めてつい思考に耽っていたら、後ろから声をかけられた。

振り向くと、ボブカットにおとなしめな装いの、蕾と同年代の女性が窺うように立っていた。片手には小さな冊子が握られている。冊子は『五十周年記念フェア』について掲載されており、商店街の各店舗でフリー配布されているものだ。

内容はこのあおぞら商店街の概要や、お店の紹介などが写真やキャッチコピーつきで載っている。裏表紙はスタンプラリーの台紙にもなっていて、各店舗でお買い物をするとそこにハンコを押してもらえ、溜まるとお買い物券がもらえる仕組みだ。女性のスタンプはあと一ポイントでコンプリートだった。

「ここに載っている花屋『ゆめゆめ』って、ここで合っていますか……？　このキャッチコピーに惹かれて、花束を買いに来たんですけど」

見せられたページはまさにこの店だ。キャッチコピーを褒める言葉に、考案者である蕾は密かに照れつつ「合っていますよ」と頷く。

「私、ここの従業員なんです」

「あ、そうなんですか！　よかった、今日のお買い物は最後に、この店で花を買おうと決めていたんです」

見れば彼女の冊子を持つ逆の手首には、たくさんの袋が下げられていた。パン屋に本屋、お向かいの手芸用品店の袋もある。そういえばあそこの店主と常連の女子高生も、夏祭りは一緒に行くとか聞いたなあ……と蕾はなんとなく思い出した。

女性は「……ただ」と困ったように眉を下げる。

「探している花があるんですけど、名前も覚えていなければ、花の見た目もおぼろげな記憶しかなくて……昔、父が私の誕生日に一度だけ贈ってくれた花なんです。それを明日の父の誕生日に、今度は私から渡したくて……」

蕾はふむと顎に手を添える。立ち話ついでにもう少し尋ねれば、女性の母親は幼い頃に亡くなり、父親とふたりきりの家族らしい。男手ひとつで自分を育ててくれた、尊敬する父なのだと女性は語ってくれた。

そんな父に贈るものだから、毎年毎年が特別なものでありたいと。本日購入した手芸用品も手作りプレゼント用のキット、書店の本も手作り関係のものだそうだ。

また普段はどちらかというと内向的で、そんなに人と会話が弾むタイプではないのに、初対面の蕾相手にいろいろと話せたことに女性は少し驚いていた。

……これはつい最近、蕾が咲人から言われたことなのだが。

どうやら自分は、警戒心というものを抱かれにくく、あれこれと話しやすい空気を持っているらしい。そうなのかな？　と自覚はいまだにないが、変わった能力以外にも自分に特技があったことは驚いた。

なんであれ、役立つならいいかなと蕾は思う。

それに実は、彼女の冊子を持つ手の甲には、しっかり〝花〟も咲いていた。おそらく父親との思い出の花とは、これではないかなとあたりをつける。

「すみません、こんなわかりにくい注文されたら困りますよね？　実物を見たらさすがにわかるかなと思うんですが、ひとりで探して見つけられる気がしなくて……」

「大丈夫ですよ」

自信を持って、蕾はにっこりと微笑んだ。彼女の咲かせる花は、花屋『ゆめゆめ』の店内でちゃんと出番待ちをしている。

さらにはその花を、大切な家族の大切な日に贈るのにふさわしい、すてきな花束に仕上げられる確証もあった。

「うちの店には、近所では評判のお花の王子様と魔王様がいるんです。お客様のお探しの花をきっと見つけて、最高のフラワーギフトにいたします。もちろん、私もお力になりますので！」

「王子様に、魔王ですか……？」

「はい」

冗談交じりに笑って、蕾は入り口のドアに手をかける。「それに」と、まだ不安そうな彼女にもう一押しの一言。

「花屋『ゆめゆめ』は、あなたに花を咲かせる、夢見る花屋さんなので」

ドアを開けて女性を中に案内すれば、チリンチリンと来客を告げるベルが鳴った。無愛想だが温かみのある声と、耳どおりのいい柔らかな声で「いらっしゃいませ」と迎えられる。蕾も急いでいつもの仕事着に着替えて、ピンクのエプロンを翻し、女性の思い出の花選びを始めた。


とある商店街の片隅には、小さく可愛らしい外観の、ちょっとだけ不思議な花屋さんが佇んでいる。その花屋はピンクのオーニングテントを広げて、いつだって優しい香りに包まれながら、誰かの想いと花を繋いでいる。

おわり

あとがき

花屋『ゆめゆめ』シリーズ、一応の完結巻です。

まずは本書をお手に取って頂き、心よりお礼申し上げます。

ここまで応援してくださった皆様のおかげで、こうして最後までこのお話を書ききれたこと、大変うれしく思います。読者様方が見守ってくださったおかげで、蕾の花も無事に咲きました。

一巻は春から夏、二巻は夏から秋、そして三巻は秋から冬を経てまた春に戻り、蕾の『ゆめゆめ』生活もちょうど一年。彼女の花の予想が当たった方も、もしかしたらいらっしゃるかも……と、一人でニヤニヤしておりました。ほとんどオールキャラも出してみたのですが、同時に季節のお花も多種多様でいっぱいな、盛り沢山な巻になりました。

最終話の『蕾と胸の花』は、一巻の最終話である咲人視点の『咲人と胸の花』と、対になるようにしてみました。個人的にはこちらの最終話をお読み頂けたあとに、咲人視点に戻ってもらえたら、こう、より楽しめるのではないかと！

また全シリーズを通して、美しくも可愛いらしいカバーイラストを手掛けてくださった細居美恵子先生、悩んでいるときにたくさんアドバイスをくださった編集の方々、大変お世話になりました。表紙は徐々に蕾と咲人の距離が近付いていき、ラストは店前のとびっきり素敵なイラストで締め括ってくださり、何度も拝みました。
友人、家族、サイトから繋がりのある皆様にも、ここまで本当に励まされました。

そして、この花屋『ゆめゆめ』に最後までご来店頂いた読者様。本当にありがとうございます。作品はいったんここで幕を閉じさせて頂きますが、『ゆめゆめ』はまだまだどこかで営業中です。皆様の生活の一部に、花とこの作品が少しでも傍にあれたら作者冥利に尽きます。

どうか、この本を読んでくださったあなたのドコカにも、綺麗な花が咲きますように。

編乃肌　拝

この物語はフィクションです。
実在の人物、団体等とは一切関係がありません。
本書は書き下ろしです。

■参考資料

・『誕生花366の花言葉』高木誠（監修）夏梅陸夫（写真）（大泉書店）
・『写真でわかる雑草の呼び名事典』亀田龍吉（世界文化社）
・『色・大きさ・開花順で引ける季節の花図鑑』鈴木路子（日本文芸社）
・『HOW TO 花贈り』フラワーバレンタイン推進委員会編（朝日出版社）
・『花束デザインブック』フローリスト編集部（誠文堂新光社）
・『マニキュアフラワーでつくるアクセサリー』hina工作室（池田書店）
・『美しい花言葉・花図鑑』二宮考嗣（ナツメ社）
・『葉・花・実・樹皮でひける 樹木の事典600種 たのしい園芸』
金田初代（著）金田洋一郎（写真）（西東社）

編乃肌先生へのファンレターの宛先

〒101-0003　東京都千代田区一ツ橋2-6-3　一ツ橋ビル2F
マイナビ出版　ファン文庫編集部
「編乃肌先生」係

ファン文庫

花屋「ゆめゆめ」であなたに咲く花を

2018年4月20日　初版第1刷発行

著　者　編乃肌
発行者　滝口直樹
編　集　田島孝二　須川奈津江
発行所　株式会社マイナビ出版
〒101-0003　東京都千代田区一ツ橋2丁目6番3号　一ツ橋ビル2F
TEL　0480-38-6872（注文専用ダイヤル）
TEL　03-3556-2731（販売部）
TEL　03-3556-2735（編集部）
URL　http://book.mynavi.jp/

イラスト　細居美恵子
装　幀　小林美樹代＋ベイブリッジ・スタジオ
フォーマット　ベイブリッジ・スタジオ
校　閲　池田美恵子（有限会社クレア）
DTP　株式会社エストール
印刷・製本　図書印刷株式会社

ISBN978-4-8399-6557-0
Printed in Japan

Fan
ファン文庫

花屋「ゆめゆめ」で不思議な花束を

お花屋さんを舞台に、
謎や事件をほのぼの解決！

不思議な力を持つ蕾が、天然王子な店員の咲人、
強面店長の葉介と一緒に働きながら、花を通じて
お客様のお悩みや事件を解決します！

著者／編乃肌
イラスト／細居美恵子

Fan
ファン文庫

あの日、茜色のきみに恋をした。

著者／街みさお
イラスト／syo5

十年の時を経て、ふたりの想いは交錯する——。
珠玉の恋愛小説。

『第１回お仕事小説コン』入選作を、書籍化にあたり改題、
大幅に加筆修正した傑作。
読後、どこか懐かしいような甘酸っぱい気持ちになります。